Maude Mihami

ZEHN WÜNSCHE FÜR ALFRÉD

Roman

Aus dem Französischen
von Anne Doppstadt
und Anja Malich

Rowohlt Polaris

Die Originalausgabe erschien 2018 unter dem Titel
«Les Dix Voeux D'Alfréd» bei NIL éditions, Paris.

Deutsche Erstausgabe
Veröffentlicht im Rowohlt Taschenbuch Verlag,
Hamburg, Juli 2020
Copyright © 2020 by Rowohlt Verlag GmbH, Hamburg
«Les Dix Voeux D'Alfréd»
Copyright © 2018 by NIL éditions, Paris
Covergestaltung HAUPTMANN & KOMPANIE Werbeagentur,
Zürich, nach dem Original von Editions Nil;
Coverdesign Manon Bucciarelli
Satz aus der Adriane Text
Gesamtherstellung CPI books GmbH, Leck, Germany
ISBN 978-3-499-00204-5

Die Rowohlt Verlage haben sich zu einer nachhaltigen Buchproduktion verpflichtet. Gemeinsam mit unseren Partnern und Lieferanten setzen wir uns für eine klimaneutrale Buchproduktion ein, die den Erwerb von Klimazertifikaten zur Kompensation des CO_2-Ausstoßes einschließt.
www.klimaneutralerverlag.de

Für Oma,
diese zierliche und herzensgute Frau
———

Für Mat, meine große Liebe

1

Ich sag ja immer:
«Stille Weine sind tief!»

Das verendete Pony von Nénette Prijean stank zum Himmel. Hinten im Garten wuchs schon kein Gras mehr. Der Geruch verpestete das ganze Dorf. Sein Fell war voller Schaum, und ein Schwarm Fliegen kreiste um das Tier herum. Alfréd wurde übel.

Er sah auf seinen Teller und blickte dann zu seinem Großvater:

«Opa?»

«...»

«*Ehrwürdiger* Opa?»

«Hm?»

«Ich mag diesen Mischmasch nicht so gern.»

«Das is kein Mischmasch, das is Ragout.»

«Ach so...»

«Na und? Schmeckt dir mein Ragout etwa nich?»

«Das ist nicht von dir, das hat Nénette gemacht. Du kannst gar nicht kochen.»

«Ich hab's aufgewärmt. Das is doch auch schon was, oder?»

«Na ja.»

«Also iss, kleener Hosenscheißer!»

«Aber das Fleisch ...»
«Was denn? Was is mit dem Fleisch?»
«Das ist doch nicht von dem Pony, oder?»
«Von dem Pony? Wie kommste denn da drauf?»
«Na ja ... Ich dachte an das Pony von Nénette.»

Der alte Alfred spuckte vor Lachen den Löffel voll wieder aus, den er sich gerade in den Mund geschoben hatte. Ihm fehlten bereits viele Zähne, und man konnte die Soße bis ganz hinten in seinem Rachen sehen, aber es gibt Schlimmeres im Leben.

Der Kleene hatte recht, dachte er: Nénette war ihr Pony noch immer nicht losgeworden, und es vermoderte hinter dem Brunnen, aber es deswegen zu essen, ging dann doch ein bisschen zu weit! Diesem Bengel schwirrten wirklich sonderbare Dinge durch die Birne.

«Na, lass gut sein, wenn du nich mehr willst. Es gibt noch Crêpes. Du weißt ja, wo.»

«Juppi! Danke!»

«Und wem dankst du?»

«Danke, ehrwürdiger Opa.»

Er selbst hatte dem Kleenen beigebracht, er solle ihn so nennen. Tatsächlich hatte er nicht viel Ehrwürdiges an sich, aber er hatte seinen Spaß daran. Der Kleene ging voll darin auf. «Ich sag das ‹ehrwürdig› immer davor, bei der Bäckerin, in der Schule und im Bistro.» Manchmal war es dem alten Alfred peinlich, aber er konnte nicht viel dagegen sagen, schließlich hatte er selbst darum gebeten ...

Seufzend erhob sich der alte Alfred vom Tisch. Das hatte er davon, dass er dem Bengel dummes Zeug beibrachte. Eines Tages sollte er mit ihm auch mal über ernsthafte Dinge sprechen, ein echtes Männergespräch führen.

Aber im Moment gab's Dringenderes zu tun: Die Rotweinflasche war leer.

———

Saint-Ruffiac war ein kleines ruhiges Dorf mit sechshundert Seelen, das zufrieden mit dem war, was es hatte, und daran würde sich so bald auch nichts ändern. An Sehenswürdigkeiten gab es das Gemeindeamt und gegenüber die Kirche. Dazwischen, auf dem Platz, lag das Bistro. Der Inhaber hatte die sinnige Idee gehabt, es «Lieber hier als dort» zu nennen – ohne anzugeben, was er mit «dort» meinte. 2,3 Kilometer weiter auf dem Weg nach La Trinité-Porhoët stieß man auf Le Camboudin. Das war kein richtiges Dorf, noch nicht mal eine Siedlung. Tatsächlich wusste niemand, was es eigentlich war. Ein Bach floss hindurch, den alle nur «der Scheußliche» nannten, in dem es nichts zu fischen gab, der jedoch die Grenze zwischen Le Morbihan und dem Département Côtes-du-Nord bildete. Le Camboudin zählte fünf Einwohner (darunter ein Kind), die sich auf einen Bauernhof und zwei Häuser verteilten. In einem davon lebte Alfréd, besagtes Kind, mit seiner Mutter Agnès.

«Alfréd.»

Mit Betonung auf dem «e», deshalb auch mit Akzent. Nicht gerade ein Geschenk dieser Vorname. Kein bisschen modern.

Er hatte ihn von seinem Großvater «geerbt». Sein Großvater gehörte nicht zu denen, die als Helden im Krieg gefallen waren, nein, sein Großvater lebte auf dem Bauernhof gegenüber und verbrachte den ganzen Tag damit, «Himmel, Arsch und Zwirn» zu fluchen. Seine Mutter Agnès hatte den Vornamen ausgewählt. Das hatte sie ihm eines Abends, als sie etwas zu viel gebechert hatte, erklärt. Sie hatte gemeint, wenn sein Großvater nicht gewesen wäre, gäbe es sie heute nicht mehr und Alfréd hätte nicht anständig aufwachsen können, so ohne Mutter. Alfréd hatte nach dem Grund gefragt, doch sie hatte ihn abblitzen lassen. Er solle nicht so viele Fragen stellen. Sie fand noch immer, dass der Akzent auf dem «e» von Alfréd den Namen schicker machte. Dem Jungen leuchtete nicht wirklich ein, was sie damit meinte. Denn was schick war, davon hatte sie nicht die geringste Ahnung. Sie trug immer einen Trainingsanzug (im Winter mit einer Schaffelljacke darüber) und alte Turnschuhe. Er hätte sie gern ab und zu mal in einem Kleid gesehen, aber davon wollte sie nichts wissen. Auseinandersetzungen mit Agnès endeten eigentlich nie gut. Er hatte sich daher damit abgefunden, seinen Vornamen zu behalten. Sie sagte ihm immer wieder, dass es das Mindeste sei, was er zum Andenken an seinen Großvater beitragen könne. Er verstand nicht ganz warum, denn der alte Alfred war meilenweit davon entfernt zu sterben, und niemand außer ihm zollte ihm wirklich Respekt.

Man muss dazu sagen, dass Alfréd auf den Tag sechzig Jahre nach seinem Opa geboren worden war (am 20. Mai 1963 genauer gesagt) und dass dieser ihm eigentlich alles beigebracht hatte, angefangen damit, wie man richtig im Stehen pinkelt. Ein Strahl wie beim Wal, nur dass der Wal nicht zielen kann. Der alte Alfred war oft angetrunken, aber nie sturzbetrunken:

«Ich sag ja immer, mein Kleener: ‹Stille Weine sind tief!›»

Das war eine seiner «Lebensweisheiten», wie er es nannte. Der Junge schrieb sie alle sorgfältig in sein Notizbuch.

An der linken Hand des Alten fehlte ein Finger, nämlich der ganz am Ende. Alfréd dachte, dass man sie wohl nach und nach verliert, wenn man älter wird, genauso wie Haare, Zähne und das Gedächtnis. Wenn es mal wieder schlecht lief, weil seine Mutter *vergessen* hatte, das Abendessen zu machen oder, schlimmer noch, die Erlaubnis für den Schulausflug zu unterschreiben (sodass er mit den Kleinen in der Schule bleiben musste), dann sagte er sich, dass er wenigstens noch alle Finger hatte. Das tröstete ihn. Nicht jedes Mal, aber es war besser als nichts.

―

Um in dieser Gegend ein «echter Kerl» zu sein, musste man entweder dort geboren oder dem Trouspignôle* zugetan sein oder, noch besser, beides. Der Trouspignôle war ein Schnaps, der seit Generationen vor Ort gebraut und dessen Rezept vom Vater an den Sohn weitervererbt wurde. Er war weder gut, noch besaß er irgendeine medizinische Wirkung, aber er hatte die Eigenschaft, nur von Einheimischen vertragen zu werden, und das hieß schon etwas, wenn man wusste, wie stolz die Bewohner von Saint-Ruffiac waren. Abgesehen von seinem abscheulichen Spritgeschmack hatte dieser Schnaps einen geheimnisvollen Effekt: Er hatte nämlich die positive Fähigkeit – oder auch die negative, je nachdem aus welchem Blickwinkel man es betrachtete –, den Leuten die Zunge zu lösen, und zwar mit äußerst verheerenden Auswirkungen. Wer dem Trouspignôle nicht widerstehen konnte, hatte am Ende einen Haufen Feinde.

* Alle Begriffe oder Ausdrücke, die mit einem Sternchen versehen sind, werden in «Alfréds Wörterbuch» am Ende des Werkes erklärt.

Die einen hatten erfahren, dass sie betrogen wurden, andere, dass sie nicht der Sohn ihres Vaters waren. Wieder andere sagten ihrem besten Freund so gründlich die Meinung, dass schon die ersten Sätze gereicht hätten, ihn für immer zu vergraulen. Und schließlich gab es diejenigen, die leugnen wollten, dass es Le Camboudin überhaupt gab – und das war der Gipfel.

Der alte Alfred war eine Legende, was den Trouspignôle betraf. Er konnte ihn wie Wasser trinken, ohne auch nur das leiseste Anzeichen von Verwirrung zu zeigen. Lediglich ein leichter Silberblick tauchte in seinem rechten Auge auf, wenn er zu viel davon trank. Doch diese kleine Schwäche war alles in allem verzeihlich.

Wenn man abends beisammensaß, erzählte man sich nur zu gern von den größten Heldentaten. Die bemerkenswerteste aller Anekdoten lag schon mehr als zwanzig Jahre zurück. An dem Tag hatte ein Fußballspiel stattgefunden. Der alte Alfred, der damals zwar noch nicht alt war, aber allmählich anfing, alt auszusehen, hatte den Kickern von Ruffiac eine sehr persönliche Anerkennung gezollt. Sie hatten 1:0 nach Verlängerung gewonnen. Obwohl es rote Karten geregnet hatte – der Schiedsrichter war bestochen worden –, war es ein schönes Spiel gewesen. Alfred war ein einzigartiger Anhänger seiner Mannschaft. Während des Spiels hatte er sich die Lunge aus dem Hals geschrien: «Vooorwärts, vorwärts, vorwärts, vorwääärts!» Sie hatten den Sieg bei Freunden gefeiert, der Trouspignôle für besondere Anlässe wurde herausgeholt, und zwischen Wohnzimmertisch und dem ausgestopften Fuchs auf der Anrichte wurden die einzelnen Pässe und Aktionen nachgespielt. Kurz bevor er gehen wollte, war Alfred nach oben gegangen, um zu pinkeln. Er war dermaßen voll, dass er ein

Fenster in der oberen Etage mit der Haustür verwechselt hatte. Prompt war er vier Meter tief gestürzt, hatte sich dann aber sofort wieder aufgerappelt, seinen Hut aufgesetzt und war nach Hause gegangen. Dort hatte er sich ins Bett gelegt, ohne irgendjemandem etwas davon zu sagen. Am nächsten Morgen entdeckte Agnès, als sie ihren Vater wecken wollte, dass er sich bei dem Sturz den halben Schädel abrasiert hatte. Er selbst hatte es gar nicht gemerkt und einfach Haut und Haare auf dem Kopf zurechtgerückt, bevor er seinen Hut wieder aufsetzte. Die Geschichte hatte sich schnell herumgesprochen, aber niemand war auf die Idee gekommen, sich darüber lustig zu machen, im Gegenteil: Alfred war zum Helden des Trouspignôle geworden.

Wie alle guten Helden hatte der alte Alfred einen Feind. Und dieser hatte sich einmal mehr im Ort angekündigt. Sein Name war auf der Tafel am Gemeindesaal angeschlagen worden, doch die Kumpane aus dem Bistro hatten ihn nicht vorgewarnt. Sie waren ja nicht verrückt, wussten sie doch nur allzu gut, wie wütend er werden konnte. Ein dreiunddreißig Tonnen schwerer Gegner – das war keine Kleinigkeit ...

Der Lastwagen hielt dreimal im Jahr in Saint-Ruffiac und stellte sich auf den Platz vor dem Gemeindeamt beziehungsweise auf den Kirchplatz, das hing vom Standpunkt ab. Der Sattelschlepper hielt ein riesiges Sortiment an Werkzeugen, Haushaltsgegenständen und technischen Spielereien bereit. Für jeden Geschmack war etwas dabei, besonders für den schlechten.

Die Einwohner kamen mit dem Katalog unterm Arm «zum Lastwagen». Der Fahrer, der gleichzeitig der Verkäufer war, sorgte immer für Stimmung. Er hatte einen starken Akzent aus der Gascogne, und seine Unterarme waren so dick wie bei anderen Leuten die Oberschenkel. Der alte Alfred stand auf Kriegsfuß mit ihm: Vor drei Jahren hatte er bei ihm eine Bohrmaschine erworben, die sofort den Geist aufgegeben hatte. Vier Monate lang hatte der Alte seinen Ärger hinuntergeschluckt. Doch als der Lastwagen wiederkam, war Alfred über den Mann aus der Gascogne hergefallen und hatte eine sofortige Erstattung verlangt. Schnell war es laut geworden. Man muss dazu sagen, dass der alte Alfred ein verdammter Giftzwerg sein konnte. Die beiden wären sich fast an die Gurgel gegangen, wenn nicht der Bürgermeister höchstpersönlich dazwischengegangen wäre. Öffentlich gedemütigt, war Alfred nach Hause gegangen und hatte sich eingeschlossen, um ein Nickerchen zu halten, was er für gewöhnlich tat, wenn er wütend war. Als er zwei Tage später wieder auftauchte, erzählte er jedem, der es hören wollte, dass der Kerl aus der Gascogne ein Gauner sei und sein Plunder keinen Sou wert. Die Witwe Tricot, deren Mann in der Jauchegrube ertrunken war, hatte daraufhin erwidert, dass man das nicht verallgemeinern könne. Sie habe bei ihm einen Grabschmuck erworben, der sehr gut funktioniere. Es handelte sich um ein prächtiges Kreuz aus Plastik, das mit dem Erzengel Gabriel verziert war und nachts leuchtete (mit Hilfe von Batterien, die beim Kauf nicht enthalten waren). Das Argument mit dem Wunderkreuz hatte Alfred das Maul gestopft. Er war tatsächlich verstummt – schließlich musste man den Toten Ehre erweisen – und hatte sich einen Rotwein bestellt. Aber seitdem verfluchte er alles, was aus dem Inneren des Lastwagens kam.

Alfréd liebte es, mit seiner Mutter zum Lastwagen zu gehen. Endlich einmal gab es etwas, zu dem sie ihn gern mitnahm, und das wollte er um keinen Preis verpassen. Monsieur Ducos, der Fahrer-Verkäufer, roch angenehm nach Rasierwasser und tätschelte ihm jedes Mal mit seiner großen Hand den Kopf. Agnès kaufte bei ihm immer alles Mögliche. Sie hatte dort unter anderem bereits zwei Gartenzwerge (den zweiten zum halben Preis), ein Schädlingsbekämpfungsmittel (das nie funktioniert hatte, denn die Nachbarhunde kackten weiter in ihren Garten) und eine Spinnenfalle (mit einer Wirksamkeit von sechs Monaten) erworben.

Alfréd trat von einem Fuß auf den anderen, weil sie bald an der Reihe sein würden, als er seinen Großvater bemerkte, der sich in sicherer Entfernung hielt, die Hände in die Taschen gestopft und den Cowboyhut fest auf den Schädel gedrückt.

«Mama! Mama!»

Er zog an ihrem Ärmel. «Mama!»

Sie verpasste ihm eine Ohrfeige.

«Wie oft hab ich dir das schon gesagt: Du sollst nich dazwischenquatschen, wenn ich mich grade unterhalte!»

Er zeigte mit dem Finger auf seinen Großvater.

«Was hat der denn da zu schaffen?», fragte sie, «ich schwör dir, der kann es einfach nicht lassen, seine Nase überall reinzustecken.»

Sie lachte, und dabei sah man ihre Zahnlücke an der Seite. Von Zeit zu Zeit klebte sie den Zahn mit einem starken Kleber wieder fest, aber das hielt nicht so gut, wie die Verpackung es versprach. Alfréd hoffte, dass Monsieur Ducos von dort, wo er stand, dieses Detail nicht bemerken würde.

«Kann ich zu ihm hin?»

«Dann aber flott!», antwortete Agnès und zog an ihrer Gauloise.

Er bahnte sich einen Weg durch geblümte Blusen hindurch zu seinem Großvater.

«Was machst du hier, ehrwürdiger Opa? Hältst du den Verkäufer doch nicht mehr für einen Idioten?»

«Da werd ich meine Meinung nich mehr ändern, nich mal im Grab. Kam nur zufällig grad vorbei, das is alles...»

Alfréds Blick fiel auf die braunen Klettverschluss-Schuhe seines Opas. Er trug sie jeden Tag. Sie stammten auch vom Lastwagen.

«Willst du nicht mitkommen? Wir sind gleich dran!»

«Nee, ich bleib lieber hier ... Hey! Wart mal! Du gehst da nich hin zurück!»

Seine Mutter hatte gerade eine eindeutige Geste mit der Hand gemacht.

«Ich muss da jetzt hin, Opa!»

«Alfréééééééd!», bölkte Agnès.

Der alte Alfred hielt ihn am Arm fest.

«Aber dann verpass ich, wenn wir dran sind!»

«Willste nich mit mir nach Haus kommen? Es is ... es is dringend», beeilte sich der Alte zu sagen.

«Alfréd, verdammt noch mal!», schrie seine Mutter.

Alfréd ging jeden Tag zu seinem Großvater. Er konnte sich nicht vorstellen, was ausgerechnet jetzt so dringend sein sollte. Und außerdem hatte ihm seine Mutter eine Portion Pommes versprochen. Aber sein Opa hatte so einen komischen Gesichtsausdruck, ein bisschen wie ein Hund mit angelegten Ohren.

«Okay, ist gut», fügte sich Alfréd schließlich widerwillig.

Der Alte beugte sich zu ihm hinunter und nahm ihn bei den Schultern:

«So is brav, mein Jung.»

Beim Weggehen rief er noch in Richtung Lastwagen:

«Aufgeblasener Gascogne-Gockel!»

Während Großvater und Enkel sich vom Lastwagen entfernten, fragte der Junge:

«Warum kannst du Monsieur Ducos eigentlich nicht leiden?»

«Weil er 'n dreckiger Lügner is.»

«Ehrwürdiger Opa?»

«Mhm?»

«Kann ich dich was fragen?»

«Was denn, mein Jung?»

«Du weißt doch, ich werde bald zehn.»

«Na ja ... wir ham grad deinen neunten gefeiert, nich wahr?»

«Ich weiß, Opa ... Aber, weißt du ... weißt du, ich möchte ein richtig guter Mensch werden, bevor ich zehn werde. Und das könnte etwas dauern ...»

Alfred blieb mitten auf der Straße stehen.

«Was redste denn da? Du bist doch schon 'n guter kleener Kerl? Was willste denn noch machen?»

«Ich weiß auch nicht? ... Aber ich möchte doch kein Blödmann werden oder noch schlimmer ... ein Lügner! Verstehst du, was ich meine?»

Der Alte dachte einen Augenblick nach. Der Kleene meinte es ernst, das konnte man ihm ansehen. Jetzt war nicht der Moment, um etwas Albernes zu sagen oder ihn zu enttäuschen.

«Also», begann er laut nachzudenken, «um 'n guter Mensch zu sein, musste gute Dinge tun. Klar so weit?»

Alfréd stimmte lebhaft zu.

«Dafür müssen wir erst rausfinden, was du gut findest.

Also ich, zum Beispiel, wenn du mich fragst, dann würd ich sagen ... dass ...»

Der Alte verstummte. Tatsächlich hatte er sich solche Fragen nie gestellt.

«Äh ... So kommen wir nich weiter», stellte er fest. «Zäum'n wir das Problem also von hinten auf. Was gefällt dir im Leben besonders gut?»

«Pommes?»

«Neee! Doch nich Pommes, verflixt und zugenäht! So hilfst du mir nich ... Es muss was Wichtiges sein.»

«Ähm ... Bücher?»

«Ah! Schon besser! Bücher ... Also ... Du liest doch gern und so, da könnteste vielleicht anfangen, selbst was zu schreiben.»

«Ich soll was schreiben? Was denn?»

«Na, das musste schon selbst rausfinden, Großer! Ich mach sicher nich die ganze Arbeit für dich!»

Der Junge verzog das Gesicht.

«Na los, jetzt kannste mal zeigen, was du in der Rübe hast.» (Der Alte klopfte mit seinem krummen Zeigefinger gegen Alfréds Stirn.) «Du hast doch Phantasie, oder? Und außerdem weißte genau, dass ich es nich so mit dem Schreiben hab, ich nehm nie 'nen Stift in die Hand ... außer für die Einkaufsliste.»

«Die Einkaufsliste? Das ist eine tolle Idee! Ich könnte eine Liste schreiben.»

Der Alte nickte.

«Das is doch mal 'ne schicke Idee, mein Jung!»

«Ähm ... aber was denn für eine Liste, ehrwürdiger Opa?»

«Ja, was weiß ich denn, verflixt noch mal? 'ne Liste ... 'ne Liste mit Sachen, die du gern machen würdst ...»

«... *bevor* ich zehn werde!»

«Ganz genau! Das is doch schon mal 'n guter Anfang. Später sehn wir dann, was man draus machen kann. Was sagste dazu?»

Alfréds Miene hellte sich auf. Warum war er nicht schon eher darauf gekommen? Eine Liste mit Wünschen. Das war so ähnlich wie ein Wunschzettel an das Christkind, nur noch viel besser! Ohne irgendwelche misslungenen Geschenke und Enttäuschungen, weil er selbst alles entscheiden würde. Das war der Einfall des Jahrhunderts!

Die Zusammenstellung der Liste nahm viel Zeit in Anspruch, brachte ihm einen schriftlichen Tadel von Mademoiselle Morvan ein («Ist während des Unterrichts abgelenkt, hört nicht zu») und einige Ohrfeigen von seiner Mutter wegen des besagten Tadels. Das Schwierige dabei war nicht, genügend Ideen zu haben, sondern, eine Auswahl zu treffen. Nachdem er abends im Bett lange in sich gegangen war, hatte er den Traum aufgegeben, einen Rundflug über Le Camboudin zu machen (zu teuer für seine Mutter). Und auch auf die Wünsche, die seinem Opa Kummer bereitet hätten (den Bürgermeister bitten, seinen Vornamen auf der Geburtsurkunde zu ändern), verzichtete er. Bei zehn hatte er schließlich aufgehört: zehn Wünsche für zehn Jahre, das klang gut. Da erst Anfang Juni war, dauerte es fast noch ein Jahr bis zu seinem nächsten Geburtstag. Er fürchtete, dass einige Wünsche schwierig umzusetzen wären, aber er zählte auf die Hilfe seines Opas. Schließlich hatte der die Idee mit der Liste gehabt.

Alfréd beschloss, sie ihm an einem besonderen Abend

zu zeigen. Es war Tradition, dass er am ersten Abend der Ferien bei ihm auf dem Bauernhof übernachtete. Sein Opa wohnte direkt gegenüber. Das war praktisch, zum Besuchen oder auch nur, wenn man den anderen etwas fragen wollte. Es reichte aus, das Fenster zu öffnen und aus Leibeskräften zu brüllen: «Wie geht's denn so heute? Hast du gut geschlafen?»

Agnès fand es nicht so toll. Sie meinte, dass ihr Vater viel zu anstrengend sei, um ein guter Nachbar zu sein. Dabei leistete er ihnen gute Dienste. Er kümmerte sich um das Kaminholz, um alle Reparaturen, und dann versorgte er sie auch noch mit Gemüse und Geflügel, was angesichts ihrer Situation nicht zu verachten war.

Agnès verdiente nicht viel, sie arbeitete Teilzeit bei Ker Viande, der Schweinefabrik. Der Job war nicht gerade spannend – sie sortierte Gedärme am Fließband aus. Lieber hätte sie irgendwo hinter der Bar oder als Köchin in einem Restaurant gearbeitet, das wäre mehr nach ihrem Geschmack gewesen. Doch sie hatte viel zu früh mit der Schule aufgehört und daher keinen Abschluss. Zumindest war das ihre Begründung. Alfréds Großvater hingegen behauptete, es sei keine Frage des Abschlusses, sondern des Ehrgeizes. Er meinte, seine Tochter hätte es im Leben weiterbringen können, wenn sie etwas tüchtiger und vor allem weniger träge gewesen wäre. Agnès wollte das natürlich nicht hören, und so war dieses Thema einer ihrer zahlreichen Anlässe zum Streiten.

Alfréd fand es jedenfalls prima, so nah bei seinem Opa zu wohnen. Sie unternahmen viel zusammen. Der alte Alfred konnte handwerken wie kein Zweiter (früher war er Schreiner gewesen), und er hatte ihm beigebracht, wie man mit Holz umging. Der Junge kümmerte sich dafür um die Kaninchen, holte die Eier aus dem Hühnerstall und goss die Tomaten. Von Zeit zu Zeit ließ sein Großvater ihn auf den Sitz seines Treckers klettern, der im Hof stand. Der Kleene konnte Stunden damit verbringen, so zu tun, als würde er ihn fahren.

Alfréd freute sich immer, wenn sie Zeit miteinander verbrachten, und er sehnte den ersten Abend der Ferien jedes Mal herbei wie ein Fest. Sie hatten ein festes Ritual. Als Vorspeise servierte Opa Alfred ihm seine köstliche Kaninchenpastete mit einer dicken Scheibe Brot. Dann aßen sie Galettes mit Würstchen, und zum Schluss gab es eine ganze Batterie an Nachtischen: Sandkuchen, gezuckerte Crêpes, Löffelbiskuits und Schokoladencreme von Mont Blanc. Er brachte einen sauberen Schlafanzug in seinem großen Rucksack mit (der vornedrauf einen Fuchskopf hatte) sowie sein geliebtes Notizbuch. Ein zweites Buch nahm er nicht mit, da er bei seinem Opa, anders als sonst abends, nicht vorm Einschlafen las: Stattdessen lauschte er den Jugendgeschichten seines Großvaters. Und der hatte wahrlich genug auf Lager! Oft nickte der Alte bei ihm im Zimmer ein, da Alfréd immer noch mehr davon verlangte ...

Doch dieses Mal war alles anders. Nicht nur würde er außerhalb der Schulferien bei seinem Opa schlafen, dieses Mal würde er auch selbst das Vorlesen übernehmen. Sie aßen zusammen zu Abend und hörten dabei die Lieblingsmusikkassette des alten Alfred. Alfréd war ganz aufgeregt. Er nahm zwei Mal von der Pastete nach und verschlang den ganzen Nachtisch, während sein Opa ihm in allen Einzelheiten erzählte, wie er und seine Kumpane Nénettes Pony erfolgreich begraben hatten. Das Viech hatte derart gestunken, dass einer aus den Latschen gekippt war und der andere sein komplettes Mittagessen wieder ausgekotzt hatte. Glücklicherweise war noch Unterstützung zum Schaufeln gekommen, sonst wären sie wohl immer noch nicht fertig. Nun hatte das treue Tier eine eigene Ruhestätte. Alfréd war zufrieden, da er Nénette sehr mochte – und ihr Pony auch (solange es noch gelebt hatte). Nénette war seine beste Freundin. Manchmal tat sie ihm leid, da keins ihrer Kinder sie jemals besuchen kam. Daher musste sie alles alleine machen, was sie oft nicht schaffte.

Nach dem Essen putzten sie sich die Zähne – genau genommen nur der junge Alfréd, da der alte Alfred meinte, dass das angesichts der paar Zahnstummel, die er noch im Mund hatte, sowieso nichts mehr brachte –, und dann richtete sich Alfréd in der blauen Kammer ein, der von Tante Odette, als sie noch klein gewesen war. Tante Odette lebte in Paris und kam nicht sehr oft nach Le Camboudin. Sie war die ältere Schwester seiner Mutter. Die beiden telefonierten nie, und wenn sie es doch mal taten, dauerte es nicht lange, bis sie sich anschrien wie zwei alte Marktweiber. Agnès behauptete, Odette sei überheblich, seit sie einen Benz fuhr. Alfréd aber mochte sie. Sie brachte ihm jedes Mal tolle Geschenke mit. Letztes Jahr an Allerheiligen hatte er sein schönes ledernes Notizbuch von ihr bekommen, das er seitdem stets bei sich trug.

Das Bett von Tante Odette war so hoch, dass man es richtig erklimmen musste. Die Wollhaarmatratze war warm und weich; er fühlte sich darin wie in Butter und kuschelte sich in der Daunendecke ein. Der Alte setzte sich zu ihm, und Alfréd öffnete sein Notizbuch. Mit vor Ergriffenheit bebender Stimme las er seine zehn Wünsche vor. Genau genommen nur die ersten neun. Den letzten behielt er für sich. Während des Vorlesens sagte sein Großvater kein

Wort. Doch als Alfréd den Kopf hob, bemerkte er, dass er im Gesicht ganz blass und am Hals rot geworden war.

«Himmel, Arsch und Zwirn», brummte der alte Alfred nach langem Schweigen. «Da sitzen wir ja ganz schön in der Tinte.»

2

Der Cowboy
aus Le Camboudin

Egal ob es nun wehte oder schneite, der alte Alfred ging niemals ohne seinen Cowboyhut aus dem Haus. Es war ein schöner brauner Lederhut, an den Seiten hochgeklappt, den er lediglich zum Schlafen abnahm. Wenn er morgens aufwachte, tastete er als Erstes auf seinem Nachttisch danach. Erst dann öffnete er die Augen. Man nannte ihn den «Cowboy aus Le Camboudin». Wer sich mit Filmklassikern auskannte, erkannte bei ihm die Ähnlichkeit zu Charles Bronson in *Spiel mir das Lied vom Tod*, was ihm gut gefiel. Seine Augen waren genauso grün wie die des Schauspielers – nur hatte der liebe Gott es so gewollt, dass er in Le Camboudin geboren wurde. Als er noch jung gewesen war, waren die Mädchen bei seinem Blick reihenweise umgefallen wie die Fliegen. Mädchen gab es inzwischen schon lange nicht mehr, Fliegen allerdings durchaus.

Hundertmal hatte er seinem kleinen Enkel bereits erzählt, wie dieser Hut zu ihm gekommen war. Diese Geschichte war ihrer beider Geheimnis. Eines Tages, als er durch die Gegend gestreift war, genau genommen auf der Suche nach einem Kumpel, mit dem er einen trinken konnte, hatte er plötzlich aus dem Wald Hilferufe gehört. Er war den Rufen gefolgt und auf einen merkwürdigen Typen gestoßen, wie er ihn noch nie gesehen hatte: ein großer Blonder, ganz in Jeans gekleidet, der sich das Bein hielt. Der Kerl war vom Pferd gefallen, das wegen eines Wildschweins durchgegangen war. Er war Amerikaner, der ein wenig Französisch radebrechen konnte. Alfred hatte ihm auf die Beine geholfen und ihn erst mal zu einem Glas eingeladen. Sie waren sich auf Anhieb sympathisch gewesen. Bevor der Amerikaner wieder aufbrach, hatte er ihm feierlich seinen Cowboyhut überreicht. Als Ausdruck seiner ewigen Dankbarkeit. Sie hatten sich niemals wiedergesehen. Doch diese Begegnung hatte ihn für immer geprägt ...

Der alte Alfred war gereizt. Die Begegnung hatte offensichtlich nicht nur ihn geprägt. Auch den Kleenen hatte sie derart beeindruckt, dass er beschlossen hatte, sie ganz oben auf seine Liste zu setzen. Sein erster Wunsch lautete nämlich: «Einen echten Cowboy treffen». Der Alte hatte keine Ahnung, wie er aus der Sache wieder rauskommen sollte. Besser hätte er in Ruhe weiter seine Hühner gezählt, statt seine Klappe so weit aufzureißen! Der Junge nahm einfach alles, was er sagte, wörtlich ... Und diese Geschichte mit den Wünschen machte es nicht leichter. Sein Enkel hatte einen Kalender von der Post mit niedlichen Kätzchen auf dem Deckblatt ergattert und darin mit einer Art Countdown angefangen. Der Kalender war unerbittlich: Wenn die Liste in weniger als einem Jahr abgearbeitet sein musste, bedeutete das ungefähr einen Wunsch pro Monat. Der Alte hatte die Wünsche wieder und wieder gelesen, bis ihm die Augen schmerzten (allerdings nur die ersten neun, da Alfréd den zehnten ja geheim hielt). Die allermeisten, um nicht zu sagen alle, verschlugen ihm die Sprache. Er fragte sich, wie der Bengel auf das alles gekommen war.

———

«Trumpf!», rief Alfréd.

«Hoho! Gut gespielt, Kleener!», rief Eugène und streckte den Arm über den Tisch.

Sie schüttelten sich kräftig die Hände, sie waren wirklich ein gutes Team, die beiden. Ihre Mitspieler murrten.

Gläser mit Rotwein wurden gebracht und eins mit Apfelsaft, das Alfréd in einem Zug leerte.

«Macht ganz schön durstig, Meister im Belote zu sein, stimmt's, Junge!», sagte Eugène mit einem Augenzwinkern.

Alfréd war ganz in seinem Element. Er liebte es, im Bistro mit den alten Kumpanen abzuhängen. Tatsächlich hatte er mehr alte als junge Freunde. Er fand sie viel lustiger. Mit ihnen durfte er so viel fluchen, wie er wollte, und Karten statt Fangen spielen. Er konnte ihnen alle möglichen Fragen stellen, auf die seine Schulkameraden keine Antwort wussten. Mit dem einen unterhielt er sich über Gartenarbeit, mit dem anderen über Sport. Der eine brachte ihm Witze bei, der andere hatte die unglaublichsten Geschichten auf Lager. Und Eugène mochte er gern, da er der beste Freund seines Großvaters war. Er wollte gerade die nächste Kartenrunde vorschlagen, als die Tür zum Bistro aufgerissen wurde.

«Was treibst du denn schon wieder hier? Wieso hab ich nur so ein unmögliches Kind?»

Es war seine Mutter. Sie war ziemlich schlecht gelaunt. In diesem Fall war es besser, sich auf die Socken zu machen. Widerwillig stand Alfréd auf. Es war nicht immer leicht mit ihr. Manchmal wünschte er sich, sie wäre netter zu ihm. Schicksalsergeben gab er jedem seiner Kameraden die Hand:

«Bis zum nächsten Mal, Jungs.»

Seine Mutter kam ihn nicht etwa holen, damit er seine Hausaufgaben fertig machte – mit denen konnte er sich allein rumschlagen –, sondern, damit er einkaufen ging. Jeden Sonnabend musste er diese lästige Pflicht übernehmen.

«Was haste eigentlich wieder für Plünnen* an?», schimpfte sie und zerrte an seinem Wollpullover. «Unmöglich!»

Regungslos sah er sie an. Sie trug ihren ewigen blauen Trainingsanzug und die Schaffelljacke mit den abnehmbaren Ärmeln, die vom Lastwagen stammte. Nicht grade ihr bester Kauf. Man musste allerdings zugeben, dass Agnès nicht so häufig Gelegenheit hatte, sich schick zu machen. Die meiste Zeit trug sie einen Plastikkittel, beim Innereienrausziehen in der Fleischfabrik. Der Schweinegeruch blieb trotzdem in ihren Sachen hängen ...

Alfréd nutzte die Autofahrt, um seiner Mutter davon zu erzählen, wie er und Eugène beim Kartenspiel gewonnen hatten. Er hatte sein Fenster weit runtergekurbelt, denn seine Mutter rauchte wie ein Schlot. Anschließend ging er ohne Überleitung zu der Geschichtsstunde vom Vortag über:

«Was meinst du, Mama, wenn wir im Mittelalter gelebt hätten, würden wir dann zu den Adligen oder zu den Bettlern gehören?»

«Ja, was weiß denn ich, Alfréd! Du immer mit deinen bescheuerten Fragen! Du bist doch nich umsonst ein Bossenec!»

Le Bossenec war ihr Name. Er kam von dem bretonischen Wort «bosenneg», das «buckelig» oder «der Pickel hat» bedeutete. Nach einigem Nachdenken sagte sich Alfréd, dass er mit einem solchen Namen wohl eher von einem Bettler als von einem König abstammte. Am Eingang vom Prisunic trafen sie die «exzentrische Friseuse» von Saint-Ruffiac, zu der ihre Mutter zwar nie ging, die ihr das jedoch nicht übelnahm. Während die zwei Frauen tratschten, fing Alfréd an, mit dem Schoßhündchen der Friseuse zu spielen. Nach einer Weile hatte er es satt und holte sein Notizbuch aus dem Rucksack. Er schrieb Folgendes hinein:

«**Quasselstrippe***, Leute, die viel reden. Kommt von quasseln (viel reden, schwatzen) und Strippe (Bindfaden), weil der auch (fast) endlos ist. *Beispiel: die Friseuse und Mama.*»

Er war gerade erst fertig, als seine Mutter ihn anfuhr, er solle Würstchen von Ker Viande holen, sie hätten keine mehr. Alfréd steckte das lederne Notizbuch von Tante Odette ein. Er schrieb darin nicht nur die Lebensweisheiten seines Großvaters auf, sondern notierte auch besondere Wörter und ihre Bedeutung. Denn er hatte sich ein großes Projekt vorgenommen. Er wollte ein Wörterbuch verfassen, aber nicht irgendeins: ein Wörterbuch mit all den Wörtern, die die Leute in seiner Umgebung immer benutzten. Er hatte nämlich festgestellt, dass in dem alten Larousse in der Schule jede Menge Wörter fehlten. Eine ganze Menge Ausdrücke, die er jeden Tag hörte oder selbst verwendete, waren dort nicht zu finden. Was er nicht verstand. Deshalb hatte er sich in den Kopf gesetzt, alle vergessenen Wörter zu sammeln, um ihnen Gerechtigkeit widerfahren zu lassen. Er hatte mehrmals versucht, mit seiner Mutter darüber zu sprechen, aber es hatte sie kein bisschen interessiert. Abgesehen von Fernsehen und Picheln* gab es nicht viel, was sie in ihrem Leben zu begeistern schien. Er blieb vor den Würstchen stehen, zögerte einen Moment, ob er die Chipolatas oder die Merguez nehmen sollte, und nahm schließlich beide, weil er sehr hungrig war.

Vom Beifahrersitz aus warf Alfréd hin und wieder einen flüchtigen Blick auf seine Mutter und fragte sich, ob dies der richtige Moment war, um mit ihr über die Liste der Wünsche zu sprechen. Der Einkauf war gut verlaufen, und sie summte «On ira tous au paradis» von Polnareff mit, das gerade im Radio lief.

«Mama, ich wollte dich was fragen...»

«Ich kann's nich leiden, wenn du so anfängst. Falls ich dir noch was kaufen soll – das is jetzt zu spät.»

«Es geht nicht ums Kaufen, was ich meine ist umsonst.»

«Umsonst?»

Das war ein magisches Wort für Agnès.

«Ja schon...», fing Alfréd an. «Wir brauchen nur jemand, der uns einen schenkt.»

«Der uns was schenkt, Alfréd?»

«Er wäre ganz klein und würde gar keinen Platz wegnehmen. Ich würde mich um ihn kümmern, großes Cowboyehrenwort!»

«Cowboyehrenwort? Ich versteh nur Bahnhof!»

«Es geht um einen Hund, also...»

«Das haben wir schon besprochen: Die Antwort lautet nein!»

«Ja, aber jetzt ist es was anderes. Ich hab eine Liste mit Opa gemacht, für meinen zehnten Geburtstag, und ein Wunsch davon ist...»

«Was? Also ihr zwei geht mir langsam richtig auf den Wecker. Habt ihr nichts Besseres zu tun, verdammt noch mal?»

Sie trat voll auf die Bremse und drehte sich zu ihm.

«Verdammte Scheiße, Alfréd! Ich hab den Wein vergessen!»

Sie wendete mitten auf der Straße. Alfréd fragte nicht weiter. Für dieses Mal war's gelaufen.

———

«Himmel, Arsch und Zwirn!»

Der alte Alfred hatte sich einen fiesen Splitter in den Daumen gejagt. So'n Mist! Er war ganz schön tief reingegangen. Vor lauter Wut warf er den Holzhammer in die hinterste Ecke seiner Werkstatt.

In Wirklichkeit war das gar nicht das eigentliche Problem. Etwas anderes beschäftigte ihn: Er hatte immer noch keinen Weg gefunden, wie er Alfréd bei der Verwirklichung von Wunsch Nr. 1 helfen konnte. Der Kleene zählte in dieser Cowboy-Sache wirklich auf ihn. Er spürte sehr wohl, dass der Junge langsam ungeduldig wurde: Ständig redete er vom Cowboy. Der alte Alfred baute sich vor dem Spiegel in seinem Schlafzimmer auf. Der Hut stand ihm immer noch sehr gut, da gab's nichts zu meckern. Der Rest war weniger glorreich. Vielleicht sollte er sich Victoire anvertrauen? Sie war seine beste Freundin. Sie waren zusammen durch dick und dünn gegangen, als sie jung waren. Sie hätte bestimmt eine Idee. Aber er war sich nicht sicher, ob sie von der Cowboygeschichte so begeistert sein würde. Oder vielleicht Eugène? Nein, das war zu riskant. Der trat doch in jedes Fettnäpfchen.

Es klopfte an der Haustür. Alfred ging hin und öffnete: Es war der Postbote, der die Dienstmütze immer falsch rum trug und eine Hasenscharte hatte. Er hielt ihm eine

Ansichtskarte hin: «Die ist von Odette. Sie ist in Royan. Hat schönes Wetter.»

Alfred nahm die Karte, ohne sie zu lesen, war ja jetzt nicht mehr nötig. Seine ältere Tochter ließ nicht oft etwas von sich hören und kam so gut wie nie zu Besuch. Sie war schon vor langer Zeit ausgezogen. Seit sie mit einem Kerl zusammen war, der Geld wie Heu hatte, war es noch schlimmer geworden: Odette behandelte ihre Familie von oben herab. Als junges Mädchen war sie nicht so etepetete gewesen, sie hatte den Bauernhof geliebt. Er ging Richtung Küche. Der Postbote folgte ihm ohne Aufforderung, das machte er immer so. Die Ärmel der Uniform waren viel zu kurz, sodass man die Haare auf seinen Unterarmen sah, die fast so lang waren wie die auf seinem Kopf. Sie tranken ein Glas Roten und redeten dabei über alles und nichts.

«Sag mal, weißte eigentlich, wann der Lastwagen das nächste Mal kommt?», fragte Alfred plötzlich.

Der Postbote war überrascht. Normalerweise erwähnte man den Lastwagen und den Namen Ducos in Alfreds Anwesenheit besser nicht. Er rieb an seiner Hasenscharte: «Biste sicher, dass du das wissen willst?»

«Wenn ich dir 'ne Frage stelle, antwortest du, so einfach is das!» Es ging ihm schon auf die Nerven, dass er danach fragen musste – wenn der andere es jetzt noch komplizierter machte, kam er überhaupt nicht weiter.

«Na ja, hat sich für Ende des Jahres angekündigt.»

Alfred schwieg. Das gab ihm mehrere Monate Zeit, um den Jungen davon abzubringen, seinen Wunsch Nr. 8 in die Tat umzusetzen.

«Allerdings», ergänzte der Postbote, «bleibt der dann länger als sonst. Damit wir uns nicht gegenseitig auf die Füße trampeln, um unsere Bestellungen aufzugeben.»

Alfred haute mit der Faust auf den Tisch. Genug geschwätzt für heute! Der Postbote leerte sein Glas auf ex und ging, ohne noch weiter nachzufragen. Besser den Alten nicht verärgern.

―――

«Also», wiederholte Mademoiselle Morvan, «wer kann mir sagen, wie man die Helme der Ritter in dieser Epoche nannte?»

Nur eine Schülerin hob die Hand. Alfréd zögerte, er hatte es am Vorabend noch in seinem Heft gelesen, aber er war nicht mehr ganz sicher. Er hatte sich gerade durchgerungen, doch aufzuzeigen, als er spürte, wie etwas von seinem Nacken abprallte. Jean-Pierre hatte sein Radiergummi nach ihm geworfen.

«Der fette Alfréd möchte die Antwort geben!», rief er.

Einige Schüler lachten.

«Jean-Pierre Poilvert, das reicht! Sag uns lieber den Namen dieses Helms, statt den Clown zu spielen!»

«Ich hab's vergessen!», sagte er feixend. «Außerdem ist jetzt Pause!»

Die Stühle kratzten über den Parkettboden. Mademoiselle Morvan seufzte und erlaubte ihnen, nach draußen zu gehen, außer Jean-Pierre, der wieder einmal Pausenverbot hatte. Alfréd hasste Poilvert. Ständig piesackte er ihn. Er schubste ihn auf dem Pausenhof und bezeichnete ihn als «Würstchen auf zwei Beinen» oder «kleines Ferkel». Jean-Pierre war kräftig, und genau da fing das Problem an. Alfréd wagte nicht zurückzuschlagen, so sehr er auch innerlich kochte. Wenn er einen Vater gehabt hätte, der ihm hätte zeigen können, wie man sich verteidigt, vielleicht hätte er sich dann getraut, sich zu prügeln. Aber er hatte keinen Vater, also...

Auf dem Rückweg von der Schule machte er einen Abstecher zu Titi. Seine Mutter hatte ihm aufgetragen, einen Salat mitzubringen. Titi und Nini hatten einen sehr schönen Gemüsegarten. Nénette sagte, dass bei ihnen alles so gut wachse, weil sie alles mit Liebe machten. Sein Großvater nannte sie oft als Vorbild. Als ältestes Paar im Dorf hatten sie sich kennengelernt, kurz bevor Titi 1914 einberufen wurde, und sich nach dem Krieg wiedergefunden. Sie waren ein bisschen wie diese Dachspaare, die ihr Leben lang zusammenblieben. Und wenn nichts ihren Alltagstrott störte, sie also ihre gewohnten Zeiten zum Aufstehen, für den Mittagsschlaf und die Mahlzeiten einhalten konnten, dann waren sie die zufriedensten alten Leute der Welt.

«Hallo, Titi!», grüßte Alfréd, als er das kleine Tor öffnete.

Titi stand gebückt im Garten und riss Unkraut aus. Als er sich aufrichtete, blieb Alfréd die Spucke weg: Er trug einen Cowboyhut auf dem Kopf.

«Was guckst du so, Jung!»

«Ich wusste nicht, dass du auch einen Cowboyhut hast!»

«Ich find meine Mütze nich mehr, deshalb hab ich stattdessen den hier genommen.»

«Er sieht ein bisschen aus wie der von meinem Großvater, nur nicht ganz so schön.»

«Ja klar, er hat sich ja auch meinen geschnappt!», erwiderte Titi. «Der hier is aus Stroh. Dabei hatte ich eigentlich den aus Leder gewonnen...»

«Gewonnen?»

«Ja, auf der Kirmes!»

«Auf welcher Kirmes?»

«Also wirklich! Muss ich dir denn alles erklären?!»

Titi lud ihn ein hereinzukommen. Drinnen war es kühl und still. Nini hielt gerade Mittagsschlaf. Titi sagte ihm, er solle in der Küche warten und sich bedienen. Bei ihnen gab es immer Kekse. Sie befanden sich in einer Blechdose auf dem Küchenschrank. Die Dose wurde niemals leer, die älteren vermischten sich mit den neueren Butterkeksen. Wenn man dann zufällig einen erwischte, der schon weicher war als die anderen, hatte man halt Pech. Alfréd schloss die Augen und nahm auf gut Glück einen heraus: knusprig, wie er sein sollte! Titi kam mit einem Foto zurück.

«Guck mal hier!»

Es war ein Gruppenbild mit sämtlichen Kumpanen vom Bistro. Alfréd erkannte sie nicht sofort; einige hatten sich doch sehr verändert. Und sie trugen alle den gleichen Strohhut. Mitten drin und ganz vorn sah er seinen Großvater neben einem großen blonden Kerl posieren, der ganz in Jeans gekleidet war und einen Cowboyhut auf dem Kopf trug. Genau wie der alte Alfred es ihm beschrieben hatte.

«Der Amerikaner!», rief Alfréd und zeigte mit dem Finger auf ihn.

«Wer? Der da?»

Titi fing an zu lachen.

«Der da war nich mehr Amerikaner als wir zwei zusammen.»

«Wie bitte?»

«Der hat das gemacht, um sich seine Brötchen zu verdienen. Cowboy, dass ich nich lache! Das Kostüm und das ganze Bohei war für die Show. Da hab ich den Hut gewonnen, den dein Großvater jetzt immer aufhat.»

Alfréd war wie vor den Kopf geschlagen. Mechanisch griff er noch einmal in die Dose. Als er in den Keks biss, war er weich.

«Und warum hat mein Großvater den Lederhut am Ende behalten und nicht du?»

«Ich hab mich über den Tisch ziehen lassen. Das hat mich gelehrt, dass man besser nich wetten sollte, wenn man blau is.»

Wenige Minuten später machte sich Alfréd mit seinem Salat unterm Arm auf den Weg. Von Anfang an hatte es einige Details in dieser Cowboygeschichte gegeben, die ihn irritiert hatten, aber darauf wäre er nie gekommen. Was Titi ihm gerade erzählt hatte, war schlimmer als alles, was er sich je hätte vorstellen können.

3

Der große Auftritt

Der alte Alfred war beunruhigt. Seit einiger Zeit besuchte der Junge ihn seltener. Er hatte «zu tun». Dabei hatte er dem Kleenen vorgeschlagen, seinen neuen Schub Kaninchenpastete zu probieren, und ihn sogar auch noch eingeladen, außerhalb der Schulferien bei ihm zu übernachten. Aber er hatte geantwortet, er hätte momentan nicht so viel Zeit. Alfred hatte bei seiner Tochter nachgefragt, aber die hatte nichts bemerkt. Sie merkte ohnehin nie irgendwas. Was das Miteinander-Sprechen anging, waren sie nicht gerade begabt in der Familie. Außer Odette natürlich, doch dafür redete sie wiederum oft, ohne wirklich etwas zu sagen, was auf dasselbe hinauslief. Alfred fand, dass sein kleiner Enkel sich trotz allem ganz gut machte: Er hatte gute Noten in der Schule, besonders in Französisch; er war höflich, aß alles, was man ihm anbot – etwas zu viel vielleicht –, und hatte ein freundliches Wesen. Alfred hätte ihm gewünscht, dass er mehr Freunde in seinem Alter hätte, aber er kam mit den Alten eben besser klar, da konnte man nichts machen.

Ihm fehlte ein Vater. Ein Vater hätte nicht nur Alfréd, sondern auch seiner Mutter geholfen. Agnès hätte weniger ramponiert gewirkt. Sie erzählte immer, es läge nur an Rémi, der sie mit dem Baby sitzengelassen habe, dass sie so geworden wäre. Dass sie es nicht ausgehalten habe. Aber der alte Alfred wusste ganz genau, dass das nicht stimmte und seine Tochter, schon bevor ihr Kerl sie verließ, ordentlich gepichelt hatte. Sie hatte den Tod ihrer Mutter nie überwunden, und der überstürzte Aufbruch ihrer Schwester direkt nach der Beerdigung hatte die Lage nur verschlimmert. Der alte Alfred hatte Rémi gemocht, er war immer freundlich gewesen. Er hatte seine Tochter beim Dorffest kennengelernt und sie einige Male besucht, ehe er bei Alfred auf die altmodische Weise um ihre Hand angehalten hatte. Dem Alten hatte diese kleine feierliche Geste gefallen. Zu der Zeit war Agnès noch hübsch und fröhlich gewesen! Ein schönes schlankes Mädchen, nicht so wie jetzt, wo sie eine Gauloise nach der anderen rauchte und ihr an der Seite ein Zahn fehlte. Er fand sie auch viel zu streng mit dem Kleenen, und vor allem neigte sie dazu zu vergessen, dass er noch ein Kind war...

Alfred beschloss, etwas frische Luft zu schnappen. Solche Gedanken gingen ihm gewaltig an die Nieren. Er fuhr mit dem Fahrrad zu Eugène – Gégène für seine engsten Vertrauten –, seinem besten Freund. Eugène lebte allein am Ortsausgang von Saint-Ruffiac, in dem kleinen Haus, in dem er aufgewachsen war. Egal ob Sommer oder Winter, er war immer gleich angezogen: bordeauxroter Pullover über einem schwarz-rot karierten Hemd. Nur zu besonderen Anlässen (Allerheiligen, Weihnachten und Hochzeiten) holte er sein weißes Hemd hervor. Dies war mit der Zeit immer kürzer geworden, weil seine Wampe immer dicker geworden war, aber man konnte es ihm nicht übelnehmen, schließlich gab es, seitdem seine Mutter gestorben war, keine Frau mehr, die sich um ihn kümmerte. Sein Vater war eines Abends sturzbetrunken in den Kamin gefallen und komplett verbrannt oder zumindest fast. Als seine Frau und sein Sohn ihn am nächsten Morgen fanden, hatten sie sich fragen müssen, ob sie einen normalen Sarg bestellen sollten oder nur einen Kindersarg, denn vom Vater waren nur noch die Füße übrig gewesen.

Als Eugène ihm öffnete, merkte Alfred sofort, dass etwas im Gange war. Das verriet schon sein Gesicht, er war nämlich frisch rasiert. Man konnte sehen, dass er es selbst gemacht hatte, da er sich an mehreren Stellen geschnitten hatte. Dadurch stach seine rote Knollennase noch mehr heraus, was bestimmt nicht die gewünschte Wirkung war.

«Na, mein alter Freund, was is'n mit dir los?», fragte Alfred.

«Och gar nix, nur'n bisschen frisch gemacht», erwiderte Eugène.

«Schenkste mir einen ein?»

«Meinste jetzt?»

Alfred schnappte nach Luft: Also das war wirklich der Gipfel! Gégène ließ sich bitten, mit ihm einen zu trinken! Er trug auch nicht seinen üblichen bordeauxroten Pullover, sondern einen marineblauen, der am Bauch etwas spannte.

Alfred ging auf ihn zu und schnupperte: «Oh, là, là! Du stinkst ja ganz schön! Wolltest du grade ausgehen?»

Sein Freund leugnete es, doch Alfred kannte ihn in- und auswendig. Er brauchte ihn gar nicht lange zu bearbeiten, um die Wahrheit herauszufinden, da Eugène kein Geheimnis für sich behalten konnte. Eine schöne Frau steckte dahinter. Und zwar nicht irgendeine: Es war die Frau des Notars!

Der Notar hatte sich vor drei Monaten im Dorf niedergelassen und mischte sich nicht unter die Dorfbewohner.

Er war ein eingebildeter Typ, hässlich wie die Nacht, und Alfred misstraute ihm. Verheiratet war er mit einer prächtigen Rothaarigen – das war unbestritten –, die absolut nicht für ein Leben auf dem Land gemacht war. Alles, was irgendwie mit Saint-Ruffiac zu tun hatte, schien sie anzuwidern. Trotzdem ging sie überall mit ihrem Baby spazieren. Bei einem dieser Spaziergänge war Gégène ihrem Charme erlegen. Der alte Alfred war Zeuge ihrer ersten Begegnung gewesen. Vor drei Wochen, sie kamen gerade aus dem Bistro, waren sie ihr und ihrem Kinderwagen begegnet. Sie hatten ihre Kopfbedeckung abgenommen.

«Guten Tag, die Herren», hatte sie mit gespitzten Lippen gegrüßt.

Ihr Haar hatte sie zum Dutt hochgesteckt, sie war makellos. Das konnte man von Gégène nicht sagen, der sowohl oben wie auch an den Seiten bereits ziemlich kahl war und eine dicke Säufernase hatte. Er behauptete, schon seit frühester Kindheit Rotwein zu trinken, da er Milch nie gemocht hatte, was wohl nicht komplett erfunden war. Ein langes Schweigen hatte sich eingestellt, und dann waren zwei Elstern schnatternd über sie hinweggeflogen. Eugène hatte den Blick nach oben gerichtet und bemerkt: «Die Elstern sind dabei, ihre Nester zu bauen.»

Alfred hatte das ziemlich offensichtlich gefunden, und die Frau des Notars hatte nichts darauf zu antworten gewusst. Dann war aus dem Kinderwagen ein leises Wimmern zu hören gewesen. Eugène hatte sich nach vorn gebeugt, um den Kopf unter das Verdeck zu stecken und hineinzusehen.

«Lassen Sie mein Kind in Ruhe!», hatte die Frau fast geschrien.

Eugène war hochgeschreckt. Sie hatte ihm einen bösen

Blick zugeworfen und war dann mit einem knappen «Auf Wiedersehen» abgedampft.

Und nun hatte sich Gégène in den Kopf gesetzt, sie bei einem ihrer Spaziergänge «zufällig» wiederzutreffen, deshalb das Kölnischwasser und der marineblaue Pullover. Allerdings machte sie ihm die Aufgabe nicht leicht, denn sie änderte ihren Weg jeden Tag. Alfred sagte nichts dazu. Es gab auch nichts dazu zu sagen. Es war das erste Mal, dass er seinen Freund in solch einem Zustand erlebte.

Der Junge war enttäuscht. Sein Großvater hatte ihn belogen, und damit musste er erst einmal zurechtkommen. Diese Cowboygeschichte stimmte nicht, sie stimmte vorne und hinten nicht. Alfréd verstand nicht, warum er sich so viel Mühe gegeben hatte, sie zu erfinden. Doch etwas war klar: Mit seinem Wunsch Nr. 1 war's gelaufen. Das fing ja schlecht an, ziemlich schlecht sogar. Aus der Sache würde sein Opa nicht so leicht herauskommen. Sie mussten sich unbedingt unterhalten. Aber vorerst gab es noch keinen Grund, sich komplett entmutigen zu lassen. Stattdessen beschloss er, sich auf die Erfüllung von Wunsch Nr. 2 zu konzentrieren. Für diesen Wunsch musste er sich nur auf sich selbst verlassen können. Er hatte sich in den Kopf gesetzt, am Abend der anstehenden Schulfeier allein auf der Bühne zu singen. Allerdings gab es ein Problem, und das war Mademoiselle Morvan. Sie hatte sehr festgelegte Ansichten, was die Beiträge für diese Feier betraf. Bereits im letzten Jahr hatte sie sich über ihn geärgert, als es um die Schuljahresabschlussfeier ging. Sie hatte geplant, Märchen aufzuführen. Alfréd allerdings hatte keine Lust gehabt,

Rotkäppchen, Aschenputtel oder den gestiefelten Kater zu spielen. Lieber wollte er Jiminy Cricket sein, der Freund von Pinocchio. Die Lehrerin hatte ihm zunächst ganz freundlich erklärt, dass es keinen Jiminy auf der Bühne geben würde. Doch als er trotzig darauf bestanden hatte, war sie schließlich richtig wütend geworden.

Am Abend der Vorstellung hatte er sich gefügt und eins der drei kleinen Schweinchen gespielt. Aber er war nicht mit ganzem Herzen dabei gewesen. Das hatte sogar seine Mutter gemerkt, und das wollte schon was heißen.

Dieses Mal jedoch war Alfréd fest entschlossen. Er würde bei der Vorstellung singen, nichts würde ihn davon abbringen. Er hatte bereits ein Lied ausgewählt, «La Java bleue» von Fréhel. Es war Nénettes Lieblingslied. Sie hörten es jeden Mittwochnachmittag, wenn er sie für ihre gemeinsame Backstunde besuchte (tatsächlich backte sie die Kuchen, und er aß sie).

Nénette lebte allein. Sie hatte drei Kinder, die sie nie besuchen kamen, und einen verstorbenen Ehemann. Ihre Finger waren durch die Arthrose krumm geworden, doch dieser Umstand hielt sie nicht davon ab, den besten Backpflaumenkuchen der ganzen Gegend zu backen. Da konnte er wenigstens ihr Lieblingslied für sie singen. Er hatte schon begonnen zu üben. Er schloss sich in seinem Zimmer ein und spielte die Kassette ab. Vor dem Spiegel probierte er Gesten aus, um auf der Bühne nicht wie ein Pinguin auszusehen. Nun musste er sich nur noch dringend ein Herz fassen und Mademoiselle Morvan deswegen ansprechen.

Agnès donnerte das Hähnchen auf den Tisch, anders konnte man es nicht nennen. Sie war schlecht gelaunt, das sah man ihr an. Alfred warf seinem Enkel einen Blick zu: Der Kleene schien das Verhalten seiner Mutter nicht bemerkt zu haben. Lautlos bewegte er die Lippen, als würde er einen Text vortragen. Man konnte sich eine angenehmere Atmosphäre vorstellen. Nicht gerade das beste Sonntagsessen des Jahres. Der Alte seufzte. Er versuchte, zur Entspannung beizutragen, indem er die neueste Lügengeschichte von Félicien erzählte.

Félicien war ein ausgezeichneter Lügner. Die anderen nannten ihn den Fabulanten, da er stets einen Haufen unglaublicher Geschichten zu erzählen hatte. Dutzende Male war er schon gestorben und wieder auferstanden, hatte sich selbst zum Druiden erklärt und verteilte irgendwelche Mittelchen an alle, die danach fragten. Von Zeit zu Zeit gab er lateinische Sätze von sich, um seine Zuhörer zu beeindrucken. Seine einzig wahre Heldentat bestand darin, einmal mit dem Fahrrad nach Polen gefahren zu sein, ohne einen Platten zu bekommen. Bei der Abfahrt hatte er Bulgarien angepeilt. Er wollte dort *Prepečenica* probieren, einen doppelt destillierten Raki, dessen Alkoholgehalt gut und gern die Achtzig-Prozent-Grenze überschritt. Doch ein Abstecher nach Polen und der Wodka dort hatten ihn früher und angeschlagener als geplant nach Hause zurückkehren lassen. Nicht zuletzt hatte er auch ein Buch geschrieben. Doch erstaunlicherweise gab er damit nicht an. Dieses Mal hatte er sie jedenfalls glauben machen wollen, er hätte fast in einem Film mitgespielt, aber im letzten Moment abgesagt, da er einem Unbekannten helfen musste, den Motor seines Autos zu reparieren, das vor seinem Haus eine Panne gehabt hatte.

«So ein Lügner!», schloss Alfred.

Seine Tochter zuckte mit den Schultern. Offensichtlich war ihr das egal. Alfred meinte zu hören, wie der Kleene murmelte: «Nicht der einzige Lügner in der Gegend!» Aber er war sich nicht sicher, da sein rechtes Ohr ihm seit kurzem Streiche spielte. Der Rest der Mahlzeit verlief missmutig. Der Junge verschlang seinen Nachtisch und bat dann um Erlaubnis, nach oben auf sein Zimmer gehen zu dürfen.

«Seit wann bleibt er denn nich mehr, wenn's Kaffee und Kekse gibt?», fragte der Alte.

«Weiß nich. Ich glaub, er tut was üben», antwortete Agnès, während sie die Tassen aus dem Schrank holte.

«Was übt er denn?»

«Keine Ahnung, da musste ihn fragen.»

Alfred stand ebenfalls auf und ging die Treppe hinauf. Auf dem Absatz angekommen, hörte er die Stimme seines Enkels. Alfréd sang ... laut und absolut schief. Es war schrecklich, er war nicht imstande, zwei Noten richtig hintereinander zu bringen. Dennoch konnte man sogar durch die Tür hindurch erahnen, dass er von ganzem Herzen sang. Schließlich erkannte Alfred die Worte: Himmel, Arsch und Zwirn! Das war «La Java bleue», Wunsch Nr. 2! Damit verbrachte er also seine ganze Zeit! Der Alte hörte bis zum Ende zu, wie der Junge das Lied vermurkste. Das konnte er nicht zulassen. Er musste diese Katastrophe unbedingt verhindern.

Seit einer Woche schon schlief Alfréd schlecht. Der Tag der Vorstellung rückte näher und er hatte schreckliches Lampenfieber. Endlich hatte er mit der Lehrerin über sein Vorhaben gesprochen. Anfangs war sie nicht gerade begeistert gewesen, doch er hatte eine ganze Reihe von Argumenten parat gehabt. Zwar wusste er nicht, welches davon sie überzeugt hatte, aber sie hatte schließlich zugestimmt. Ansonsten wusste niemand Bescheid und folglich hatte ihn auch niemand singen gehört. Sein Auftritt sollte ganz am Ende kommen, eine Art krönender Abschluss. Und er wollte auf keinen Fall einen Flop landen. Ambroise, der offizielle Musiker der Veranstaltung, sollte ihn auf dem Akkordeon begleiten, allerdings war er ziemlich taub und hörte von drei Noten höchstens eine. Ein großer Teil der Bewohner von Saint-Ruffiac und ganz Le Camboudin würden die Schulfeier besuchen. Im Gemeindesaal wurden schon Plastikstühle und Bänke aufgestellt. Alfréd hatte sich vergewissert, dass auch Nénette kommen würde: Er hatte sie mindestens tausend Mal danach gefragt. Natürlich ahnte sie nicht, warum.

Endlich war der große Abend gekommen. Alfréd stand auf einer umgedrehten Schüssel vor dem Spiegel des Waschbeckens und lächelte. Nicht schlecht, nicht schlecht. Mit dem Ergebnis konnte man zufrieden sein. Er hatte sein Sonntagshemd an und die Fliege umgebunden, die seine Mutter ihm freiwillig im Bekleidungsgeschäft gekauft hatte. Unter Einsatz von lauwarmem Wasser hatte er seine Haare zur Seite gekämmt. Seine Mutter schnitt sie ihm immer. Er hatte eine ziemlich dichte Matte, die ihn warm hielt, winters wie leider auch sommers. Die anderen zogen ihn damit auf, aber er machte sich nichts daraus. Er freute sich lieber, dass er seine Haare noch hatte.

Seine Mutter kam ins Badezimmer. «Ah, du siehst aber

hübsch aus, mein kleiner Landbursche», sagte sie und zerzauste ihm das Haar. Sie war ganz aufgeregt. Er wusste nicht, ob sie etwas angeheitert war oder es einfach kaum erwarten konnte, ihn auf der Bühne zu sehen. Besser, er fragte nicht nach. Anstelle ihres blauen Trainingsanzugs trug sie eine knallgelbe Tunika und eine braune enge Hose. Monsieur Ducos hätte das vielleicht gefallen.

Sie parkten auf dem Platz vor dem Gemeindeamt. Glenn und Brieuc, die Zwillinge der Friseuse, riefen ihn mit lautem Geschrei zu sich. Er lief zu ihnen. Im Vorbeigehen bemerkte er seinen Großvater, der mit Eugène aus dem Bistro kam. Er winkte ihn zu sich, doch Alfréd nahm sich nicht die Zeit zurückzuwinken, schließlich hatte er es eilig. Alle versammelten sich hinter den Kulissen. Mademoiselle Morvan hatte alle Hände voll zu tun. Ihre Assistentin musste den Kindern hier und da die Ohren langziehen. Wenn sie nachhalf, spurte jeder, sie war nicht gerade zimperlich. Alfréd fand, dass sie einem Mann ähnelte, vielleicht weil sie einen Oberlippenbart hatte.

Die Vorstellung begann ohne Zwischenfälle, und unter den bewundernden Ausrufen des Publikums folgte ein Auftritt nach dem anderen. Je näher das Ende rückte, desto heißer wurde es Alfréd. Seine Fliege schnürte ihm die Luft ab, und das Hemd klebte am Körper. Mademoiselle Morvan kündigte seinen Auftritt an. Wie besprochen, erklärte sie, dass es eine Überraschung sei, die besonders die älteren Besucher «entzücken» würde – dieses Wort hatten sie gemeinsam ausgesucht. Durch den Vorhang linste Alfréd in den Saal: Er war proppenvoll. Seine Beine fingen an zu zittern.

«Ich bitte um einen großen Applaus für ... Alfréd!», rief die Lehrerin.

Er wollte gerade auf die Bühne gehen, da hielt ihn eine Hand zurück: Es war Jean-Pierre. «Hey! Dickwanst! Hat dir schon mal jemand gesagt, dass du wie 'n alter Blechtopf singst?», warf er ihm an den Kopf, bevor er ihn auf die Bühne schubste.

Stille senkte sich über den Saal.

«Was würdste machen, wenn du jemand was sagen müsstest, aber weißt, dass es ihm nich gefallen wird?», fragte der alte Alfred Eugène.

«Äh, dat kommt drauf an, ob ich ihn mag oder nich.»

«Sagen wir mal, du magst ihn.»

«Und dat, wat ich sagen müsste, is gemein?»

«Neee. Oder doch, ja. Es könnt ihn traurig machen.»

«Und warum willste ihm dat sagen?»

«Weil's besser für ihn is.»

«Und ...»

«Himmel, Arsch und Zwirn, Gégène! Jetzt gib mir endlich 'ne Antwort, was würdste sagen?»

«Also ... wat würd ich machen, wenn ich jemand, den ich mag, wat sagen wollte, dat ihm nich gefällt, aber ich sollt es trotzdem machen, weil es besser für ihn is?»

«Genau.»

Eugène holte tief Luft:

«Ich würd ihn erst mal einladen, wat mit mir zu trinken.»

Alfred seufzte. So kam er nicht weiter. Er sah sich um: Tophile, der Wirt, stritt sich hinter dem Tresen mit Marthe, seiner Frau. Die anderen Kumpane spielten Karten. Die Witwe Tricot saß wie gewöhnlich hinten links an ihrem

Tisch, und zwei Guézennecs aßen eine Kleinigkeit in ihrer Ecke. Die Guézennecs hatten alle dieselbe Visage. Der Vater, die Mutter, die Brüder, die Schwestern, die Tante und der Onkel. Man wusste nie, wer wer war, da alle eher alt aussahen. Deshalb nannte man sie immer nur die «Guézennecs», nie mit Vornamen.

Victoire fehlte ihm. Er hätte gern mit ihr darüber geredet, aber sie verließ nur noch selten das Haus. Ihre Tochter war für eine Weile gekommen, um sich um sie zu kümmern. Victoire war immer seine Freundin gewesen, aber seitdem er wusste, dass sie krank war, besuchte er sie nicht mehr. Er nahm es ihr übel. Sie hatte doch immer eine eiserne Gesundheit gehabt, warum ließ sie sich dann jetzt so gehen? Die anderen hatten ihm das Neueste berichtet: Sie war sehr erschöpft und dünn geworden. Früher war sie die Schönste gewesen. Und außerdem war sie eine gute Ratgeberin und viel intelligenter als der Durchschnitt. Sie hätte sicherlich gewusst, wie er den Jungen davon abhalten könnte, auf die Bühne zu gehen. Was würde passieren, wenn der ganze Saal zu lachen anfing?

Die Tür des Bistros öffnete sich. Es war der Postbote.

«Grüß dich, Tophile, gibste mir 'nen Rotwein?»

Er zog eine Ansichtskarte aus seinem Sack:

«Guck mal, Marthe. Von deinem Enkel. Er ist in Bourboule. Er schreibt, es regnet. Hat kein Glück.»

«Geschieht ihm recht, dem verfluchten Bengel, dieser Schweinebacke*», wetterte die Tricot.

«Liebenswürdig wie immer, wie ich sehe!», gab der Postbote zurück.

«Hat das Karnickel was zu meckern», erwiderte sie (so nannte sie ihn wegen seiner Hasenscharte).

«Du kannst mich mal, alte Hexe!»

«Hör nicht auf sie, sie hat schlechte Laune», sagte Marthe. «Was gibt's Neues?»

«Sie hat *immer* schlechte Laune», brummte er. «Was gibt's Neues ... Das Baby von der Frau vom Notar ist krank. Der Arzt war grad da, als ich vorbeigefahren bin.»

Eugène spitzte die Ohren.

«Aber gut, mit Babys kenn ich mich nicht aus, ich hab Hunde lieber!», fuhr er fort.

«Damit machste keine Scherze!»

Eugène war aufgesprungen und hatte dabei seinen Stuhl umgeworfen.

Alle Blicke waren auf ihn gerichtet. Er war rot vor Zorn, doch das sah man kaum, da sein Gesicht sowieso stets gerötet war. Alfred schlug ihm vor, etwas frische Luft zu schnappen. Das würde ihnen beiden guttun. Sie sprachen kaum miteinander, jeder war mit sich beschäftigt. Nach einer Weile, als hätte er die Gedanken seines Freundes gelesen, fragte Eugène ihn schließlich, ob sein Enkel ihm erzählt hätte, wann die Schulaufführung sei, denn die Tiere vom letzten Jahr hätten ihm gut gefallen. Alfred sah den Jungen, als rosa Schwein verkleidet, vor sich, der im Kreis auf der Bühne herumlief und dabei die Arme in alle Richtungen warf, und fragte sich, ob der Gesang noch schlimmer sein könnte. Er schüttelte den Kopf.

Am Tag der Vorstellung hatte sich der alte Alfred auf dem Logenplatz niedergelassen: Er saß am Fenster des Bistros und beobachtete, wie die Lehrerin und ihre Assistentin mit dem militärischen Haarschnitt und dem Korporalsschnurrbart vorbeiliefen. Nach und nach kamen die Eltern mit ihren Sprösslingen. Als Alfred das Bistro schließlich verließ, sah er den Kleenen mit seiner Mutter. Er winkte ihm, doch sein Enkel reagierte nicht und lief stattdessen zu seinen Kameraden: Die Würfel waren gefallen.

Der Saal war voll besetzt. Agnès winkte ihm, er solle zu ihr nach vorn kommen, doch er tat so, als würde er sie nicht sehen. Dabei war sie nicht zu übersehen, denn sie trug ein knallgelbes Gewand. Er setzte sich allein ganz hinten hin. Er fühlte sich alt und feige. Auf seine letzten Tage war er selbst zu einem Blödmann geworden. Der große Vorhang aus rotem Samt war noch geschlossen, doch an den leichten Bewegungen konnte man die Horde aufgeregter Kinder direkt dahinter erahnen. Als die Vorstellung begann, hielt er die Luft an.

Der alte Alfred nahm weder die Pappkulissen noch die einzelnen Auftritte richtig wahr. Und als er erkannte, dass sein Enkel als Letzter auftreten würde, sackte er auf seinem Plastikstuhl zusammen.

Die Aufführung kam langsam zum Ende. Mademoiselle Morvan erschien vor dem Vorhang. Sie sah nicht sonderlich entspannt aus. Alle Lichter waren erloschen, nur ein einzelner Spot war, wie im Zirkus, auf sie gerichtet. Sie kündigte eine besondere Nummer an, die vor allem den älteren Besuchern gefallen werde. Alfred richtete sich wieder auf.

«Ich bitte um einen großen Applaus für ... Alfréd!», rief sie mit einem gezwungenen Lächeln, das jeder durchschaute.

Der Vorhang öffnete sich und enthüllte ein Mikro auf einem Ständer, hinter dem niemand stand. Links saß Ambroise samt Akkordeon auf einem Stuhl, und ganz rechts stand der Junge wie angenagelt und sah das Publikum mit großen Augen an. Der Applaus verstummte nach und nach, ohne dass sich Alfréd von der Stelle rührte. Schweigen.

Man sah den Arm der Lehrerin, die ihn von hinten anschob. Stocksteif ging er vorwärts und stellte sich hinter das Mikro. Er schluckte.

«Meine Damen und Herren, ich ... ich singe für Sie das Lied ‹La Java bleue›», begann er. «Ich widme es Nénette und ihren leck...»

Er hatte seinen Satz noch nicht zu Ende gesprochen, als Ambroise bereits mit dem Vorspiel begann. Der Junge warf ihm einen panischen Blick zu. Als er dran war, öffnete er den Mund, doch es kam kein Ton heraus. Ambroise merkte es nicht, da er ja halb taub war. Man sah den plumpen Schatten der Assistentin im Hintergrund über die Bühne laufen und Ambroise etwas ins Ohr flüstern. Die Musik verstummte. Allgemeine Verwirrung. Man hörte verlegenes Lachen und gelegentliches Hüsteln. Der Junge war weiß wie die Wand.

Der alte Alfred sackte auf seinem Stuhl zusammen und betete, dass ein Wunder geschehen und seinen Kleenen aus dieser misslichen Situation retten würde. Und sein Gebet schien erhört zu werden. Denn mitten in der Stille des Saals kratzte ein Stuhl über das Parkett. Alle drehten sich um und sahen eine spindeldürre winzige Frau tapfer den Mittelgang hinauftrippeln. Es war Nénette! Sie schien nicht mehr als einen Meter zwanzig groß, denn auf Höhe der Taille war sie sozusagen nach vorn geknickt, da sie so gebeugt ging. Als sie bei den Stufen angelangt war, die auf die Bühne führten, und der Junge sah, wie seine Freundin mit Hilfe von Mademoiselle Morvan zu ihm heraufkam, änderte sich sein Gesichtsausdruck. Er lief ihr entgegen und gab ihr die Hand. Sie war am Nachmittag sogar bei der Friseuse gewesen. Ihr Haar war in Dauerwellen gelegt und auf Wunsch lila gefärbt worden. Auch sie wirkte unsicher.

Alfréd führte sie zum Mikro, dann gab er Ambroise ein Zeichen, wieder mit dem Stück zu beginnen. Das unglaublichste Paar, das Saint-Ruffiac je gesehen hatte, fing an, das Lied über den Java-Tanz zu singen:

> *Das ist der Java bleue ...*
> *Ja, der schönste Java*
> *Der verzaubern kann*
> *Wenn man sich beim Tanz in die Augen schaut*
> *Im fröhlichen Takt zu schwingen sich traut ...*

Der Gesang war weder schön noch melodisch, doch das Publikum war ... entzückt. Einige fingen an, im Rhythmus zu klatschen, und rissen den gesamten Saal mit. Andere standen auf, und beim Refrain stimmten alle mit ein. Der alte Alfred war stolz wie ein Pfau. Es war ein großer Erfolg.

Nachdem der letzte Akkord gespielt worden war, schallte donnernder Applaus durch den ganzen Gemeindesaal. Und während Nénette ihn, frisch wie eine Frühlingsblume, auf die Wange küsste, stand Alfréd triumphierend lächelnd mitten auf der Bühne.

4

Er liebt den Trecker,
aber Pastete ist lecker

Der alte Alfred machte seine Pastete stets selbst. Eine köstliche Kaninchenpastete, allerdings mit reichlich Fett. Es bedeutete viel Arbeit für ihn. Wenn er sich daranmachte, verwandelte sich seine Küche in ein Schlachtfeld, und man hörte ihn in ganz Le Camboudin Flüche ausstoßen. Doch die Mühe lohnte sich. Sein Rezept war umwerfend. Er hatte dem Kleenen versprochen, es ihm eines Tages weiterzuvererben. Der Junge war ganz versessen darauf. Vielleicht ein bisschen zu sehr ...

Der alte Alfred steckte gerade mitten in der Arbeit, als ein Wuschelkopf an seinem offenen Küchenfenster auftauchte:

«Hallo Opa! Was machst du grade?»

«Du weißt genau, was ich hier grad fabriziere! Musst aber noch warten, bis ich fertig bin, komm später wieder!»

Der Wuschelkopf wackelte hin und her, dann machte er kehrt. Alfred hätte ihm gern gezeigt, wie das mit der Pastete ging, doch er war noch zu jung.

Seit dem Ende des Schuljahres sahen sie sich jeden Tag. Der Alte war sehr zufrieden. Er hatte Alfréd zu seiner Gesangsnummer beglückwünscht und ihm gesagt, dass er sich für die Versetzung in die nächste Klasse ein Geschenk verdient hätte. Der Kleene hatte die Gelegenheit beim Schopf ergriffen: Die einzige Sache, auf die er «riiichtig Lust» hätte, wäre Treckerfahren. Das war natürlich einer seiner verdammten Wünsche! Nr. 3, um genau zu sein. Dieser durchtriebene Knirps hatte sein Ziel genau im Blick. Andererseits kam es ihm sehr gelegen, dass vom Cowboy überhaupt nicht mehr die Rede war. Er hatte den Verdacht, dass Alfréd ihn wegen dieser Sache gemieden hatte. Er vermengte die Schalotten und den gehackten Knoblauch mit dem Fleisch und fügte noch drei Esslöffel Trouspignôle hinzu, das war die Geheimzutat in seinem Rezept. Er heizte den Ofen an. Während er darauf wartete, dass er heiß genug war, bereitete er Thymian und Lorbeer vor und pfiff dabei «La Java bleue». Plötzlich hörte er einen ohrenbetäubenden Lärm. Er blickte durchs Fenster und sah Eugène auf seinem orangefarbenen Moped. Die Reifen machten nicht den besten Eindruck, schließlich brachte Gégène wohl einen Zentner auf die Waage; gleichzeitig war sein Helm viel zu klein und saß daher ganz oben auf seinem Schädel. Alfred wollte gerade einen Witz darüber machen, aber Eugène ließ ihn nicht zu Wort kommen. «Es geht um Victoire…», sagte er nur.

Alfred wurde bleich. Er stand wie angewurzelt in seiner Küchenschürze am Fenster. Seit seine Freundin krank geworden war, fürchtete er diesen Moment. Jeden Tag dachte er an sie. Er wusch sich die Hände und verließ das Haus, ohne sich weiter um die Pastete zu kümmern. Er stieg hinter Eugène auf. Die Maschine setzte sich knatternd in Gang.

Eugène fuhr derart langsam mit seinem alten Moped, dass man sich fragte, wie er es schaffte, in den Kurven nicht umzukippen. Er brachte Alfred zu Victoire, ohne den Fuß ein einziges Mal abzusetzen, was schon für sich eine Heldentat darstellte und ein glatter Verstoß gegen das Stoppschild am Gemeindehaus war. Titi, Nini, Marthe und Nénette waren bereits da. Victoires Tochter öffnete ihnen die Tür. Sie warf Alfred einen erstaunten Blick zu – er hatte vergessen, seine fleckige Küchenschürze abzulegen, und sein Cowboyhut saß ganz schief auf dem Kopf –, verkniff sich aber einen Kommentar. Sie bedeutete ihnen, ihr ins Schlafzimmer zu folgen. Victoire lag ausgestreckt auf dem Bett. Ihre Brust hob sich kaum merklich. Sie war ganz blass. Alfred nahm seinen Hut ab. Er näherte sich dem Bett und nahm ihre Hand.

«Na, meine Liebe, das sieht aber nich sehr tapfer aus!», sagte er mit einer Stimme, die heiter klingen sollte, was ihm aber nicht gelang. «Du willst ja wohl nich vor mir gehen?»

Er meinte zu sehen, wie ein flüchtiges Lächeln über ihr Gesicht huschte. Victoires Tochter führte sie in Richtung Küche. «Lass sie in Ruhe, du siehst ja, dass sie gar nicht mehr richtig da ist...»

Alfred ging mit Eugène zu den anderen. Marthe hatte Kaffee gekocht. Niemand sagte ein Wort. Als sie die Tassen suchte, stieß Nini auf Victoires Sammlung mit Senfgläsern. Auf jedem Glas war ein anderes Motorrad abgebildet. Victoire wählte jedes Mal das Glas mit dem Chopper, und wenn man sie fragte, ob sie was trinken wollte, antwortete sie: «Na klar doch, schütt mal bis zum Lenker ein.» Sie war wirklich eine Marke, diese Frau! Sie fingen an, Erinnerungen auszutauschen. Alfred war schlecht. Es ging ihm wirklich nahe, sie so zu sehen...

Plötzlich wurden sie von Victoires Tochter zurück ins Zimmer gerufen. Sie stand nah am Bett, aschfahl im Gesicht. «Ich glaube, es geht zu Ende!», flüsterte sie.

Victoire rührte sich nicht mehr. Nini unterdrückte ein Schluchzen, und Nénette stieß einen kleinen Schrei aus. Marthe stellte sich zwischen die beiden und nahm sie in die Arme. Dann fielen alle Blicke auf Alfred, der wieder seinen Hut abgenommen hatte; jeder wusste, dass er schon immer einen Narren an Victoire gefressen hatte und dass die Dinge wahrscheinlich anders gelaufen wären, wenn Madeleine ihn nicht in Beschlag genommen hätte ...

Victoires Tochter atmete tief ein und schloss die Augen ihrer Mutter mit einer feierlichen Geste.

Doch Letztere öffnete sie sofort wieder.

«Sie is ja gar nich tot, unsere gute alte Victoire!», rief Alfred.

Victoire drehte den Kopf zu ihm und lächelte. Er beugte sich über sie und küsste sie auf die Stirn. Der kleine Kreis entspannte sich. Dann sammelte Victoire ihre ganze Kraft und sagte zu ihrer Tochter: «Heut bekommst du meine Kröten noch nich! Mach mal das Fenster auf, das müffelt hier nach Tod!»

Alle brachen in Gelächter aus. Nur die Tochter nicht.

Die Rückfahrt nach Hause war weitaus lustiger als die Hinfahrt. Der alte Alfred war ganz ausgelassen und machte hinten auf dem Moped Faxen, worüber sich Eugène beschwerte. Alfred hatte vor der versammelten Mannschaft erklärt, er sei untröstlich, dass er Victoire nicht schon früher besucht hatte. Entschuldigungen, dazu noch in der Öffentlichkeit, kamen bei ihm nicht allzu oft vor. Aber für Victoire war er zu allem bereit.

Alfréd stürzte sich ohne jede Zurückhaltung in die Arme des Sommers. Das Schuljahr war mit Glanz und Gloria zu Ende gegangen. Dank seiner Gesangsnummer war er nun auf dem Pausenhof sehr beliebt geworden, und die Lehrerin hatte ihn zu seiner Versetzung in die nächste Klasse beglückwünscht (der Erfolg von «La Java bleue» hatte vermutlich eine Rolle dabei gespielt). Er hatte eine Menge Pläne für die zwei Monate Atempause: Er wollte Boule und Belote spielen, die schweren Arbeiten beenden, die er hinten im Garten angefangen hatte (er hatte sich in den Kopf gesetzt, eine Bärenfalle zu graben, nachdem er im Fernsehen einen furchterregenden Bericht gesehen hatte), und vor allem wollte er die nächsten Wünsche auf seiner Liste in Angriff nehmen, angefangen damit, einen Trecker zu fahren. Es war nicht schwer gewesen, seinen Großvater davon zu überzeugen, und Alfréd freute sich schon darauf. Dennoch hatte er die Lüge über den Cowboy nicht vergessen und sich vorgenommen, diese Angelegenheit im passenden Moment zu klären.

Alfréd zog den Bauch ein. Es änderte sich nicht viel: Der Gummibund seiner Cordhose war ihm in der Taille immer noch zu eng. Er zog das Unterhemd hoch und betrachtete sein Profil im Spiegel seiner Mutter. So dick war er doch gar nicht! Er drückte sich den Zeigefinger in den Bauch. Ziemlich weich. Er stellte sich wieder grade hin und spannte die Armmuskeln an. So sah er kräftig aus. Trotzdem hatte Jean-Pierre ihn am letzten Schultag «Würstchen auf zwei Beinen» und «Michelin-Männchen» genannt. Wenn er ihm doch nur eine pfeffern* könnte! Doch ihm fehlte der Mut. Poilvert machte ihm wirklich Angst. Er hatte die Zwillinge der Friseuse gefragt, was sie darüber dachten. Sie hatten gesagt, dass er «gar nicht so dick» sei. Alfréd wusste nicht so recht, was er von ihrer Antwort halten sollte.

Gerade als er das Schlafzimmer seiner Mutter verlassen wollte, bemerkte er eine offene Schachtel Gauloises auf dem Nachtschränkchen. Die Haustür knallte zu, es war Agnès, die von der Arbeit zurückkam. Ohne weiter nachzudenken, schnappte er sich die Schachtel und stopfte sie in die Hosentasche, bevor er sich aus dem Staub machte.

———

«Mama, kann ich noch was?»

Der Junge hatte den Mund noch voller Pommes frites. Seine Mutter nickte. Der alte Alfred legte sein Besteck hin.

«Hast du keinen Hunger mehr, ehrwürdiger Opa?»

«Nein, bin satt.»

«Klasse! Kann ich deine Pommes dann auch noch haben?»

Der Alte runzelte die Stirn und schob seinen Teller zu seinem Enkel. Am Ende hatte Victoire vielleicht doch recht … Sie hatte ihn einige Tage zuvor, als er seiner Freundin einen Besuch abgestattet hatte, darauf aufmerksam gemacht, dass Alfréd für sein Alter zu dick sei. Victoire hatte gemeint, dass man damit nicht spaßen dürfe und dass das nicht gut fürs Herz sei. Im ersten Augenblick hatte er ihr keine Beachtung geschenkt. Aber dann hatte er angefangen, den Kleenen zu beobachten. Es stimmte, dass er in der letzten Zeit zugelegt hatte. Seine Hosen schnürten seine Oberschenkel ein, und all seine Pullover sahen zu eng aus. Und er geriet schnell außer Atem, das musste man zugeben! Das lag an den Kuchen von Nénette, an den Keksen von Nini, an den Bonbons in der Schule, an der Pastete vom Kaninchen und an all den Gelegenheiten, bei denen er eine zweite Portion und manchmal sogar eine dritte Portion nahm. Er wusste nicht, wo der Bursche das her hatte. Agnès und er waren beide spindeldürr.

Wie dem auch sei, die Sache mit den Pommes war nicht auf taube Ohren gestoßen. Alfred beschloss, dass der Junge ein bisschen Training absolvieren musste, damit er am Ende nicht mit einem Bauch wie Titi oder, noch schlimmer, mit einer Wampe wie Eugène dastand. Aber er wusste nicht, wie er es anstellen sollte. Mit Sport kannte er sich wirklich nicht so gut aus. Er beschloss, sich mit Tophile darüber auszutauschen. Tophile war der Sportlichste von ihnen. In seiner Jugend war er bretonischer Mittelgewichts-Meister im Gouren* gewesen. Seine Trophäen und Medaillen waren im Bistro hinter dem Tresen ausgestellt. Marthe wollte sie unbedingt dort stehen haben, er selbst war nicht von der angeberischen Sorte. Aus dieser Zeit hatte er seine Blumenkohlohren und sein stattliches Auftreten. Man war besser auf seiner Seite, wenn er die Ärmel aufkrempelte.

Schon am nächsten Morgen begab sich Alfred zum Bistro.

«Oha, du bist aber früh dabei heute Morgen!», staunte Tophile, als er hereinkam.

Die Bar war noch leer, abgesehen von der Tricot, die an ihrem Tisch saß, aber das war normal. Er setzte sich an den Tresen.

«Ich nehm ein Wasser.»

«Hä ... ein Wasser? Du? Is alles in Ordnung, alter Freund?»

Alfred zuckte mit den Schultern. Der Wirt stellte ihm das Glas hin.

«Wie stellste das eigentlich an, dass du immer in Form bist?», fragte Alfred ihn.

«Irgendwie find ich dich heut Morgen komisch, mein lieber Alfred ... Na ja, also zunächst mal trink ich nich, wie du weißt. Das hilft schon mal.»

Tophile war tatsächlich immer nüchtern – angesichts seines Berufs war das eine außerordentliche Leistung. Man musste dazu sagen, dass das Leben ihn nicht verwöhnt hatte: Mit zwanzig Jahren hatte er Roger, seinen jüngeren Bruder, verloren. Es war bei einem Trinkgelage passiert, und Tophile hatte sich nie ganz davon erholt. Seitdem hatte er sich geschworen, nie wieder auch nur einen Tropfen Alkohol anzurühren. Er hatte am Ende des Tresens eine Nische in die Mauer eingelassen, mit einer Tag und Nacht blinkenden Lichterkette. Dort hinein hatte er die Urne seines Bruders gestellt: «Auf diese Weise bleibt Roger bei seinen Freunden!» Seit fast vierzig Jahren trank man jetzt schon Runden auf sein Wohl ...

Aber heute Morgen hatte Alfred keine Lust, über Roger zu sprechen; er nahm den Faden wieder auf: «Und was machste sonst noch, um nich dick zu werden?»

Tophile stellte das Glas ab, das er gerade abtrocknete: «Wie wär's, wenn du mir erst mal sagst, worum's eigentlich geht?»

Alfred zog die Nase hoch, dann fing er an, ihm sein Problem zu erläutern. Der andere hörte aufmerksam zu, mit dem Geschirrtuch über der Schulter und dem Ellbogen auf dem Tresen.

«In Ordnung, wir werden uns um den Jung kümmern», verkündete Tophile, als Alfred fertig war. «Er ist 'n netter kleiner Kerl, den lassen wir nich im Stich!»

Sie machten sich daran, einen Plan auszuhecken. In diesem Augenblick kam Marthe dazu. Sie tat so, als würde sie die Kasse nachzählen, dabei wollte sie nur alles besser mitbekommen. Obwohl keiner sie nach ihrer Meinung gefragt hatte, hielt sie es für richtig, etwas einzuwerfen: «Das stimmt, das würd dem Jung ganz guttun! Ich find auch, dass er ganz schön dick geworden is!»

Alfred warf ihr einen bösen Blick zu: So weit kam es noch, dass Marthe, die selbst fett wie ein Schwein war, ihm gute Ratschläge gab! Sie hatte nie einen Hals gehabt und beklagte sich darüber, dass sie weder einen Rollkragen noch eine Perlenkette tragen konnte. Ihre Beine waren wie Pfosten, unten genauso breit wie oben. Sie selbst sagte immer, sie habe «geschwollene Knöchel». Sie hatte Wassereinlagerungen, und das nicht zu knapp. Dabei hatte der Arzt sie gewarnt: Wenn sie weiterhin alles mit Schmalz kochte und ihre Brote dick mit Butter bestrich, lief sie Gefahr, ihre Gesundheit zu ruinieren. Tophile verwies sie auf ihren Platz, noch bevor Alfred Zeit gehabt hatte, ihr eine gepfefferte Antwort an den Kopf zu werfen. Marthe beschwerte sich, dass man nicht mal mehr einen Ratschlag geben dürfe, ohne angemotzt zu werden. Die Tricot, die an ihrem Tisch saß und ebenfalls nicht nach ihrer Meinung gefragt worden war, äffte sie nach und leerte dann ihr Glas Trouspignôle.

———

Alfréd wischte sich die Stirn. Er hatte heute Morgen bereits gut gearbeitet und sich bis zur Taille in seine Bärenfalle eingegraben. Im Fernsehen hatte er einen braunen, ausgehungerten Bären gesehen; damit war nicht zu spaßen. Der Wald grenzte direkt an Le Camboudin, deshalb war es besser, für den Fall eines Angriffs vorbereitet zu sein. Doch es war schon sehr heiß, deshalb beschloss er, für heute aufzuhören. Er stieg aus dem Loch und lehnte die Schaufel an den großen Kastanienbaum. Niemand kam in den hinteren Teil des Gartens, deshalb lief er nicht Gefahr, entdeckt zu werden. Er machte seine Schuhe sauber und ging ins Haus. Während er duschte, rief Agnès ihm zu, dass sie zu Guénola, ihrer Freundin aus der Fabrik, fahren würde. Er zog sich schnell an und schlich sich dann in das Schlafzimmer seiner Mutter. Ihr Bett ähnelte einer Höhle, über der eine Wolke aus Zigarettenrauch schwebte. Auf ihrem Nachttisch lag eine Schachtel Gauloises. Er leerte sie in seine Taschen und wollte gerade wieder hinausgehen, als er sah, dass aus einer der Schubladen der Kommode etwas herauslugte. Es war eine ganze Stange. Sein Herz fing an, schneller zu schlagen. Was sollte er tun? Wenn er sie nahm, würde sie es bemerken. Aber wenn er sie liegen ließ, bot sich die Gelegenheit vielleicht nie wieder. Er seufzte: Warum musste man im Leben immer so viele Entscheidungen treffen?

«Die gelbe oder die blaue?»

Alfréd beäugte die beiden Shorts, die sein Großvater ihm hinhielt. Beide waren gleich hässlich, und sie waren ihm deutlich zu groß.

«Kann ich nicht so bleiben?», fragte er.

Der alte Alfred brummte und legte die Shorts wieder weg, die er sich von Tophile geliehen hatte. Der Junge war ganz aufgeregt. Heute war seine erste Fahrstunde. Er war schon vorzeitig bei seinem Großvater aufgetaucht, in der Hoffnung, dass es früher losgehen würde. Doch dann hatte der Alte erst einmal angefangen, an seiner Kleidung herumzumäkeln. Sein Opa wollte, dass er etwas «Sportlicheres» anzog. Dabei fand Alfréd sich ganz gut so, wie er war:

Er trug eine beigefarbene Hose und ein Hemd mit einem Hund darauf. Seine Haare dufteten nach Shampoo.

«Egal, dann bleibste eben so», sagte sein Opa schließlich und rückte seinen Cowboyhut zurecht. «Auf geht's!»

«Juppi!», rief Alfréd und stürmte nach draußen.

Er rannte zum Trecker, der in der Mitte des Hofes stand, und kletterte in die Kabine. Doch als der alte Alfred ihn eingeholt hatte, ließ er ihn auf der Stelle wieder aussteigen. «Oh nein! Du setzt dich nich dahin! Du bleibst dahinter!», sagte er.

«Wie meinst du das: dahinter?»

«Zuerst muss man die Maschine kennenlernen. Ich werd ganz langsam fahren, und du läufst mir hinterher. Beobachtungsphase nennt man das.»

Der Junge verzog das Gesicht, widersprach aber nicht. Vorschriften waren nun mal Vorschriften. Sein Opa warf den Motor an und schickte ihm eine große schwarze Rauchwolke mitten ins Gesicht. Alfréd hustete. Der Alte hörte ihn nicht, da der Motor zu laut war. Der Trecker verließ den Hof im Schritttempo und bog nach rechts ab, während Alfréd ihm folgte. Als sie bei ihren Nachbarn vorbeikamen, bellte deren Hund Joly Laryday, den der alte Alfred als «halb bösartig, halb blöd» bezeichnete, ihnen hinterher. Albert und seine Frau hatten ihn im Andenken an «Joly Laryday», ihren Lieblingssänger, so genannt. Sein Großvater trat aufs Gaspedal und zwang Alfréd damit, schneller zu laufen. Während des Fahrens feuerte er ihn an – oder er schrie ihn an, das war schwer zu sagen –, indem er rief: «Hopp, hopp, mein Jung, beweg dich! Schneller!» Alfréd musste schon bald anfangen zu rennen. Doch je stärker er sich bemühte, ihn einzuholen, desto weiter entfernte sich der Rücken seines Großvaters. Nach ungefähr fünfzig

Metern gab er auf. Seine Lungen brannten, und sein Herz hämmerte in seiner Brust. Vornübergebeugt blieb er mitten auf dem Weg stehen. Der alte Alfred tuckerte im Rückwärtsgang zurück.

«Na was denn, Meister, is das alles, was du im Tank hast?», rief er ihm zu.

Alfréd gab nicht mal mehr eine Antwort. Alles tat ihm weh.

«Ich glaub, für heute reicht's. Morgen machen wir weiter!», sagte der Alte.

Der Junge wischte sich den Schweiß von der Stirn. Das war weitaus weniger lustig, als er sich vorgestellt hatte.

———

Als er den Jungen hustend und spuckend mitten auf dem Weg stehen sah, begriff der alte Alfred, dass der Plan noch nicht aufgegangen war. Die Theorie war eine Sache, die Praxis eine andere. Tophile hatte ihn gewarnt, dass das nicht von heute auf morgen klappen würde. Aber er hatte nicht erwartet, dass der Kleene, kaum dass sie seinen Hof verlassen hatten, aufgeben würde. Er hatte wirklich keine Ausdauer. Zurück auf dem Hof, gab Alfred ihm ein Glas Wasser. Sein Enkel schluckte es in einem Zug herunter, pfiff aber weiterhin aus dem letzten Loch. Alfred fand, dass er mit seinen roten Wangen und den zerzausten Haaren wie ein Feuerwerk aussah, das zu früh gezündet worden war. Wenn er mit Alfréd Fortschritte machen wollte, musste er sachte vorgehen ...

Vor dem Haus hielt ein Auto, es war Agnès. Alfréd wurde blass und geriet in Panik: «Was ... was wird Mama wohl sagen?»

Er war von oben bis unten mit Staub bedeckt, und der Hund auf seinem Hemd hatte nur noch ein Auge, weil ein großer Schlammfleck auf dem anderen prangte. Der Alte seufzte. Seine Tochter würde nicht erfreut sein.

Allerdings hatte er nicht damit gerechnet, dass sie ihnen eine solche Szene machen würde. Sobald sie ihren Sohn sah, fing sie an, auf ihn einzuschreien und ihn zu ohrfeigen. Sofort stand der Alte auf und packte sie am Handgelenk. Er ertrug es nicht, wenn sie sich so aufführte. Er hatte seine Töchter nie geschlagen. Sie roch nach billigem Wein.

«Was is denn in dich gefahren?», fragte er wütend.

«Ich bin sauer, das is alles», antwortete sie und riss ihren Arm los.

«Das is kein Grund, dich an dem Kleenen zu vergreifen! Er hat nichts Böses gemacht!»

«Du tust mir ganz bestimmt nich sagen, wie man ein Kind großzieht!»

«Warum? Haste etwa an meiner Erziehung was auszusetzen?»

«Allerdings! Und zwar mehr als eine Sache!»

Ihre Blicke trafen sich. Dem alten Alfred juckte es in den Fingern. Eine ordentliche Backpfeife hätte sie vielleicht wieder zur Vernunft gebracht. Früher war sie nicht so hartherzig gewesen, sie hätte nie so mit ihm gesprochen. Sie hatten Achtung voreinander gehabt. Doch die Dinge hatten sich geändert, seit die beiden ganz allein auf dem Hof waren. Sie hatte angefangen, ihm die Schuld für all ihr Unglück zu geben ... Dabei war es doch nicht seine Schuld, dass Madeleine tot und Odette abgehauen war!

«Hört auf!», schrie Alfréd plötzlich.

Er war aufgestanden, in Tränen aufgelöst. Sie verharrten noch eine Weile so, dann lenkte Agnès ein. Mit hängenden

Schultern ließ sie sich auf einen Stuhl fallen. Der Alte tat es ihr gleich, bestürzt, dass sie dem Kleenen diesen Anblick zugemutet hatten. Er dachte an Rémi. Ein Vater hätte die Dinge vielleicht wieder in Ordnung bringen können. Rémi war ein guter Kerl. Aber wäre er in der Lage gewesen, seine zornige Tochter in die Schranken zu weisen? Alfred erinnerte sich an den Tag, als sein Schwiegersohn zu ihm gekommen war, um ihm sein Herz auszuschütten. Er war sehr niedergeschlagen gewesen, als er ihm erzählte, wie sehr Agnès sich seit ihrer Hochzeit verändert hatte. Sie lachte weniger und kümmerte sich nicht mehr um ihr Äußeres. Beim Gehen verlor sie regelmäßig das Gleichgewicht, angeblich wegen ihrer neuen Schuhe. Und sie wurde immer unfreundlicher. Aber das war noch nicht das Schlimmste ... Rémis Augen waren feucht geworden, als er gesagt hatte: «Ich werde Papa ...»

«Papa? *Papa?*»

Alfred schreckte hoch, Agnès rüttelte an seinem Arm.

«Wo biste mit deinen Gedanken? Du wirst doch nich umkippen, oder? Oder haste genug von mir?!»

Sie deutete ein Lächeln an. Er nickte und vertrieb die Erinnerung an Rémi. Es war nicht anders als sonst. Wenn sie Streit hatten, endete das immer auf die gleiche Weise: Entweder er ging weg und hielt ein Nickerchen oder einer von beiden zog sich durch irgendwelche Ausflüchte aus der Affäre. Die Bossenecs waren nicht gerade Meister des Dialogs. Ein Teller klapperte, und sie drehten sich um. Bei dem ganzen Durcheinander hatten sie den Jungen fast vergessen: Er hatte sich wieder hingesetzt und war dabei, sich eine dicke Schnitte mit Kaninchenpastete zu bestreichen.

―

«Klick!» machte die Stoppuhr. Er hatte seine Zeit um drei Sekunden verbessert.

«Is gut, mein Jung», schrie Alfred über den Lärm des Motors hinweg, «du kannst jetzt aufsteigen!»

Der Alte versteckte die Uhr in der Tasche, dann half er dem Kleenen auf den Trecker. Er war ganz rot im Gesicht und außer Atem, aber er hielt schon besser durch als am Anfang. Was zeigte, dass Tophile recht hatte: Ausdauer zahlte sich aus. Alfréd übernahm das Lenkrad. Er stellte sich sehr gut an. Der Trecker verbrauchte ziemlich viel Sprit, was auf die Dauer ein bisschen teuer wurde, aber das war es wert. Doch nun forderte Alfred den Jungen auf kehrtzumachen, denn es war Zeit, nach Hause zu fahren. Victoire erwartete ihn zum Mittagessen, da wollte er nicht zu spät kommen. Seit sie sich von ihrem Schwächeanfall erholt hatte, aß er jeden Freitag bei ihr zu Mittag. Mit ihr konnte er über alles reden. Sie wusste Dinge über ihn, die er nicht mal seiner Frau erzählt hatte. Inzwischen waren sie alt und gebrechlich, aber das hielt sie nicht davon ab herumzualbern. Es war nicht immer so gewesen. Früher hatte sich Alfred ein Leben ohne sie nicht vorstellen können – als Jugendliche hatten sie etwas miteinander gehabt. Doch dann war Madeleine eines Tages mit ihren Eltern nach Saint-Ruffiac gekommen. Zu dieser Zeit war Alfred wie ein junger Hund gewesen, der nichts anbrennen ließ. Madeleine hatte ordentlich Holz vor der Hütte und lange blonde Haare. Er hatte seine Muskeln spielen lassen und das große Los gewonnen. Aber das Glück war nicht von Dauer gewesen. Madeleine wurde schwanger. Gleich beim ersten Mal ... Neun Monate später hielt er Odette im Arm. Erst später hatte er gemerkt, dass Madeleine einen sehr schlechten Charakter hatte, aber das war nichts verglichen mit dem großen Unglück, Victoire verloren zu haben. Letztere hatte sich die Augen aus dem Kopf geweint, wenngleich sie sich nie beklagt hatte. Sie hätte ihm alles verziehen. Sogar dass er ihre schöne Liebesgeschichte verdorben hatte …

«Opa! Der Postbote steht bei dir vor der Tür!»

Alfred kniff die Augen zusammen, die Sonne blendete. Er erkannte ihn, als er gerade etwas in seinen Briefkasten werfen wollte. Der Junge fuhr mit dem Trecker zu ihm hin, und Alfred stieg ab, um ihn zu begrüßen. Der Postbote hielt ihm eine Ansichtskarte hin.

«Na was denn?», fragte Alfred erstaunt, «sagst du mir nich, was draufsteht?»

Der andere grummelte, dass er viel zu tun habe, und stieg wieder auf sein Fahrrad. Alfred drehte die Karte um. Sie war von Marcellin, dem witzigsten seiner Kumpane. Ihm fehlte ein Bein, und seine Krücken hatten nicht genau die gleiche Länge, sodass er immer ein bisschen humpelnd unterwegs war. Auf der Karte stand:

> Lieber Postbote. Richte Alfred aus, dass ich gut in La Baule angekommen bin und die Sonne scheint.

5

Ein Bretone, der noch nie das Meer gesehen hat, ist kein echter Bretone!

Alfréd war sehr zufrieden mit seinen großen Ferien. Seine Tage waren gut ausgefüllt. Er hatte mit seiner Mannschaft das letzte Boule-Turnier gewonnen, und am Vorabend war er zusammen mit Eugène am Ufer des Scheußlichen angeln gewesen. Sie hatten nichts gefangen, aber sich dafür glatt schiefgelacht! Das Beste kam allerdings noch. Er war tatsächlich kurz davor, Wunsch Nr. 4 auf seiner Liste zu verwirklichen: «Das Meer sehen!». Das würde bestimmt einer der schönsten Tage seines Lebens werden! Er war noch nie da gewesen. Glenn und Brieuc hatten ihm gesagt, dass ein Bretone, der das Meer nicht gesehen hatte, kein echter Bretone sei. Die Nordküste war nur anderthalb Stunden entfernt. Doch seine Mutter fand immer wieder einen Vorwand, um die Reise zu verschieben. Tatsächlich hatte sie einfach keine Lust dazu.

Nach dem Zwischenfall von neulich hatte sie schließlich klein beigegeben. Es musste ihr unangenehm gewesen sein, dass sie ihn derart vor seinem Opa zusammengestaucht hatte. Alfréd sagte sich, dass die frische Luft am Meer Agnès nur guttun könne. Sie hustete immer schlimmer. Das kam alles nur von ihren Zigaretten. Er hatte einen Experten im Fernsehen gesehen, der alles erklärt hatte. Er hatte ein Röntgenbild von einer ganz schwarzen Lunge gezeigt.

«Der sollt sich besser mal die Visage machen lassen, der alte Klugscheißer!», war der Kommentar seiner Mutter dazu gewesen, und dabei hatte sie eine dicke Rauchwolke ausgeblasen. Der betreffende Experte hatte eine fiese Warze auf der Nase.

Alfréd hatte das gar nicht komisch gefunden. Er hatte schon keinen Vater mehr, da wollte er seine Mutter nicht auch noch verlieren. Natürlich hatte er noch seinen Großvater, aber der war nicht gerade jung. Und dann gab es noch seine Tante Odette, aber die wohnte in Paris. Alfréd wollte nirgendwo anders leben als in Le Camboudin. Wie Marcellin immer sagte: Lieber sterben als von hier weggehen! Marcellin verließ nie sein Zuhause, außer in der zweiten Julihälfte, und das auch nur deshalb, weil er keine Wahl hatte. Jeden Sommer holte sein Sohn ihn ab, um ihn mit seiner Familie in den Urlaub nach La Baule mitzunehmen. Er war nicht wirklich begeistert, zumal seine Schwiegertochter eine Nervensäge ersten Grades war, aber er wollte niemanden vor den Kopf stoßen. Schwiegertochter hin oder her, Alfréd fand, dass Marcellin ziemliches Glück hatte. In Erwartung seiner Fahrt ans Meer blätterte er in einer Illustrierten, die er von seiner Mutter stibitzt hatte, mit Fotos von Sylvie Vartan am Strand.

Ihr Ausflug zur Bucht von Saint-Brieuc war für Anfang August geplant. Agnès hatte versprochen, dass sie einen Crêpe essen würden, mit Blick aufs Meer, und hatte ihm bereits eine Badehose gekauft.

―

Die Bank hinterm Haus erwartete nur ihn allein. Er setzte sich in die Sonne. Die Bienen summten freundlich im Rosenstrauch, und es war einfach nur schön. Die Hühner pickten im Gras, und man hörte das Schnurren des Rasenmähers beim Nachbarn. Ein kleines Glas Rotwein in Reichweite, eine Wurst für alle Fälle in der Tasche und niemand, der ihm auf den Wecker ging. Der alte Alfred war im Paradies. Für diese Stimmung liebte er den Sommer. Er zog seinen Cowboyhut über die Augen, kreuzte die Arme auf der Brust und schloss die Augenlider. Komme, was wolle...

«Hm ... hm!»

Der Alte schreckte hoch und wäre fast von der Bank gefallen. Er brauchte ein paar Sekunden, bis er vor sich im Gegenlicht den Umriss seines Enkels erkannte. Er stand breitbeinig da, die Fäuste in die Hüften gestemmt, genau wie Agnès, wenn sie wütend war. Alfred richtete sich mühsam auf. Was wollte er denn noch von ihm? Konnte man denn nicht mal in Ruhe sein Nickerchen machen!

Der Junge ging direkt zum Angriff über:

«Was ist dir lieber? So dick wie Titi zu sein oder so ein Lügner wie Félicien?»

Der Alte runzelte die Stirn. Diese Frage ließ nichts Gutes ahnen.

«Ich weiß nich ... Keins von beidem.»

«Du musst eins auswählen.»

Der Kleene runzelte die Stirn. Alfred versuchte, seinen Verstand anzustrengen, doch das war direkt nach der Mittagspause nicht so einfach. Sein Mund klebte, und er hatte den Eindruck, dass er geliefert war, egal wie seine Antwort lautete. Er riss sich zusammen: Wenn der Junge von Titi und seinem dicken Bauch sprach, dann lag das zweifelsohne daran, dass er kapiert haben musste, warum er ihn hinter dem Trecker herlaufen ließ. Er war ja nicht dumm, bestimmt hatte er den faulen Trick gewittert. Er beschloss, die Flucht nach vorn zu ergreifen.

«Also, ‹dick wie Titi›, das sagst du bestimmt, weil ich das Lauftraining mit dir mach, oder? Bist du nich einverstanden, dass ich dich trainier, damit du 'n bisschen Gewicht verlierst?»

Alfréd schien erstaunt: «Ach so, du trainierst mich?»

Mist! Dumm gelaufen! Er versuchte es anders: «Vergiss es, mein Jung, ich bin noch nich ganz wach, ich weiß nich, was ich sag ... Also, ob ich lieber dick wäre wie Titi oder ein Lügner wie Félicien? Also ... weder das eine noch das andere, aber alles in allem wär ich doch lieber dick. Es is nich gut, wenn man lügt.»

«Trotzdem hast du mich belogen.»

«Was?»

«Titi hat mir die Wahrheit gesagt.»

«Was für 'ne Wahrheit?»

«Die richtige Wahrheit!»

Der alte Alfred wusste nicht, worauf der Junge hinauswollte.

«Das war gar kein richtiger Cowboy, der dir deinen Hut geschenkt hat. Der Kerl hat das gemacht, um seine Brötchen zu verdienen. Du kannst mir nichts erzählen, ich hab das Foto mit dir und den Kumpanen gesehen. Titi hat mir alles erzählt. Außerdem hatte er den Hut eigentlich gewonnen, und nicht mal du selbst! Du hattest einen langweiligen Strohhut!»

Alfred war völlig sprachlos. Sein Enkel nutzte die Gelegenheit, um ihm den Gnadenstoß zu versetzen: «Also komm nicht an und sag mir, dass du Monsieur Ducos nicht leiden kannst, weil er ein Lügner ist!»

Der Alte erwiderte nichts, es gab nichts zu erwidern. Er hatte alles vermasselt, und das war's. Er begnügte sich damit, den Kopf zu senken. Sein Cowboyhut rutschte ihm in die Stirn.

———

Es stimmte also: Sein Großvater hatte ihn belogen. Alfréd war tief enttäuscht. Er hatte gehofft, dass er eine andere Erklärung auf Lager gehabt und Titi sich geirrt hätte. Aber das war nicht der Fall. Niedergeschlagen ging er nach Hause und irrte einen Teil des Nachmittags umher, bis er sich an seinen Schreibtisch setzte, um an seinem Wörterbuchprojekt zu arbeiten. Doch er war nicht richtig bei der Sache. Mangel an Inspiration. Schreibblockade. Er hatte im Fernsehen schon einmal etwas darüber gehört. Allen großen Schriftstellern passierte das eines Tages. Er blätterte ohne Überzeugung in den letzten Definitionen, die er geschrieben hatte:

Schnute abwischen*: sich den Mund sauber machen, mit einer Serviette oder dem Ärmel.
Eine Frostbeule sein*: jemandem ist kalt.
Ein Nickerchen halten*: ein Schläfchen machen.
  Beispiel: macht Opa, wenn er sich ärgert.
Sich die Augen ausweinen*: heftig weinen.
Zeter und Mordio schreien*: lautstark rumbrüllen.
  Beispiel: Mama, wenn sie richtig sauer ist.

Alfréd sagte sich, er sollte auch ein paar Beschimpfungen mit aufnehmen. Die Tricot war darin unangefochten. Er müsste mal eine Tour zum Bistro machen, um mit ihr darüber zu sprechen. Er klappte das Notizbuch wieder zu, darum würde er sich später kümmern. Dann streckte er sich auf dem Bett aus, um sich auszuruhen, doch das war unmöglich, da seine Mutter unten einen Höllenlärm veranstaltete. Sie hatte beschlossen, alles sauber zu machen. Das passierte nur zwei Mal im Jahr. Sie sperrte Fenster und Türen weit auf und warf alles, was sie störte, auf die Wiese vor dem Haus. Dann putzte und wienerte sie vom Boden bis zur Decke. Leider brachte sie die Dinge nie zu Ende. In der Regel hörte sie auf, bevor sie fertig war. Daher blieb dann alles bis zum nächsten Tag draußen, einschließlich ihrer Eulensammlung (mit der berühmten Gipseule, die sechzig Zentimeter groß und von ihrer Freundin Guénola modelliert worden war). Agnès war momentan angespannt, sie hatte bemerkt, dass ihre Zigaretten verschwunden waren, und war deshalb richtig sauer. Gestern Abend hatte sie sich darüber beschwert. Alfréd hatte nichts dazu gesagt. Wenn sie gemerkt hätte, dass er seine Finger im Spiel hatte, wäre es mit dem Ausflug zum Meer mit Sicherheit vorbei gewesen.

Plötzlich hörte er ein großes Getöse aus der Küche.

«Alfréééd!», brüllte seine Mutter.

―

Im Bistro war das Gespräch schon in vollem Gange. Es ging um das nächste Fußballspiel, in dem der Sportclub von Saint-Ruffiac auf das Team aus Kerien treffen würde. Man sorgte sich, denn es gingen Gerüchte um, wonach der FC Kerien neue Spieler rekrutiert hatte.

«Sie können nich schlimmer sein als die aus Pédernec», gab Titi zu bedenken. (Die Spiele gegen Pédernec endeten regelmäßig in einer Schlägerei.)

«Ich hab ja gehört, dat die einen ham, der dir dat Auge in 'n Kopf drücken kann, einfach so mit'm Daumen», warf Eugène ein.

«So 'n Quatsch! Dir kann man aber auch alles erzählen!», rief Félicien.

«Dat war 'n Guézennec, der hat mir dat gesagt!», erwiderte Eugène.

«Welcher?», fragte Albert.

«Ja, keine Ahnung, die seh'n doch alle gleich aus!»

«Alte Hornochsen*!», warf die Tricot von ihrem Tisch aus ein, «sind nich mal in der Lage, die Zwillinge und den Guézennec-Vater zu unterscheiden, wie blöd muss man sein!»

Schweigen. Keiner hatte je daran gedacht, dass es Zwillingsbrüder im Clan der Guézennec geben könnte. Das änderte nicht viel, aber immerhin. Das Gespräch brach plötzlich ab. Jeder trank einen Schluck, bis auf Eugène, der Richtung Fenster blickte. Der alte Alfred beobachtete ihn schon eine Weile. Gégène war nicht ganz bei der Sache. Man hatte den Eindruck, als würde er auf jemanden warten, der bestimmt nicht kam. Alfred hatte so eine Ahnung, dass es irgendwie mit der Frau des Notars zu tun hatte. Seit dem Tag, an dem er ihn überrascht hatte, als er gerade in seinem marineblauen Pullover aus der Tür gehen wollte, hatte er nicht gewagt, ihn darauf anzusprechen. Er fragte sich, ob sein Freund sie bei einem ihrer Spaziergänge wieder getroffen hatte. Auf jeden Fall würde daraus nichts werden. Alfred beugte sich zu ihm rüber.

«Na, mein lieber Gégène, es is doch wohl nich die Frau vom Notar, die dir den Kopf verdreht?»

Eugène reagierte nicht. Und Alfred war genauso schlau wie vorher.

Félicien fing an, ihnen von dem Tag zu erzählen, an dem der Präfekt höchstpersönlich gekommen war, um ihm die Hand zu schütteln, nachdem er einem Feuerwehrmann gezeigt hatte, wie man ein kleines Mädchen reanimiert, das in den Teich von Languidic gefallen war. Niemand wollte seine Geschichte hören.

«Lieber Gott, mach doch was!», flehte Albert.

Er glaubte seinen Augen nicht zu trauen, denn in diesem Moment hielt der Messias höchstpersönlich Einzug in das Bistro, zumindest kam es ihm so vor. Es war Marcellin, der mit einer seiner Krücken die Tür aufgeschoben hatte. Die Kumpane brachen in Beifallsstürme aus. Er kam zu ihnen an den Tisch. Die frische Meeresluft hatte ihm neuen Schwung gegeben, er sah aus wie das blühende Leben.

«Dann ham die Ferien in La Baule dir also gutgetan?», fragte Alfred.

«Du brauchst nur unseren Postboten zu fragen», antwortete Marcellin.

«Jetzt fangt doch nicht schon wieder damit an!», ärgerte sich der.

«Also Jungs, ich bin richtig froh, wieder zu Hause zu sein», sagte Marcellin. «Sie sind ja nett zu mir gewesen, aber sie sprechen mit mir, als wär ich hundertsechzig. Das hättet ihr mal sehn sollen, sie ham mich wie 'nen alten Mann behandelt! ‹Und wie fühlst du dich, Opi? Und ist dir auch nicht kalt? Und möchtest du ein Kissen?› Nur weil ich 'n Bein weniger hab, bin ich ja nich ganz behindert!»

«Blöde Schweinebacken!», warf die Tricot ein.

Marcellin stimmte mit einem Nicken zu: «Du hast recht! Im Sommer gibt es zwei Plagen, wie ich zu sagen pflege: Mehltau und die Familie! Den Rest vom Jahr könnt ich mir das zweite Bein brechen, und sie würden sich kein bisschen darum scher'n. Die sind viel zu beschäftigt mit ihren Autos, ihrem Haus und ihrer Arbeit ... Wenn wir wenigstens Anfang Juli gefahr'n wär'n, dann hätt ich die zweite Etappe der Tour sehn können und auch noch Poulidor!»

«Da haste nix verpasst, mein lieber Marcellin», funkte Albert dazwischen, «der arme Poupou hatte Pudding in den Beinen!»

«Ich möcht dich mal an seiner Stelle sehn! Da wüsst ich aber, wer gewinnt!», konterte Marcellin.

Nachdenklich hielt er inne. Marcellin hielt schon seit jeher zu Raymond Poulidor, er war für ihn wie ein Heiliger.

«Also, wir lassen uns nich entmutigen, Jungs!», sagte er dann. «Wir brauchen 'nen Muntermacher! Ich kann keinen Tee mehr seh'n. Meine Schwiegertochter wollte, dass ich jeden Abend Tee trink: ‹Für deine Gesundheit, Opi›, hat sie gesagt. Sie hätt mich fast damit umgebracht. Also was mir richtig fehlt, das is der Trouspignôle, und zwar dalli! Also Jungs, die Runde geht auf mich! Marthe, schenk uns mal bis obenhin ein!»

Wieder Beifallsstürme.

Gerade als man anstoßen wollte, platzte Alfréd ins Bistro. Er war ganz rot im Gesicht und aus der Puste. Mit den Augen suchte er seinen Großvater.

«Na mein Jung, hast du die Einkäufe erledigt?», fragte Tophile mit einem Augenzwinkern.

Der Junge schüttelte den Kopf und wandte sich direkt an den alten Alfred. Seine Stimme bebte: «Mama ist von der Leiter gefallen, als sie oben auf dem Küchenschrank putzen wollte.»

«Ist es schlimm?», fragte Marthe.

«Jetzt hat sie eine Prellung. Der Doktor hat gesagt, das dauert ein bisschen.»

«Ja, aber das is ja nich so schlimm, mein Kleener», sagte Alfred zu ihm. «Sie wird sich schon erholen, deine Mutter is zäh!»

Alfréds Augen füllten sich mit Tränen.

«Aber darum geht's nicht, Opa ... Wer fährt denn jetzt mit mir ans Meer?»

―――

Der alte Alfred stand am Rande des Bouleplatzes und ging im Kopf seine Bekannten durch, die ein Fortbewegungsmittel besaßen: der R5 von Albert – keine Chance, das war eine Schrottkarre, damit würden sie hundertprozentig liegenbleiben, noch bevor sie Saint-Ruffiac verlassen hatten. Ambroise und seine Ente – ausgeschlossen. Das war eine öffentliche Gefahr. Abgesehen davon, dass er taub war, hing ihm seine Mütze immer halb über den Augen. Es war ein Wunder, dass er noch nie gegen einen Baum gerast war. Das alte orangefarbene Moped von Eugène konnte nur ihn selbst transportieren, wenn überhaupt. Tophile war ein guter Fahrer, aber er arbeitete jeden Tag im Bistro. Marcellin mit seinem fehlenden Bein fiel aus. Es gab wohl noch den R4 von Félicien, aber allein die Vorstellung, ihn auf einer Strecke von hundertfünfzig Kilometern palavern zu hören (auf dem Hin- und Rückweg), brachte ihn in Rage. Blieb nur noch der R16 von Titi. Ach! Der R16 von Titi, der konnte sich sehen lassen. Immer tadellos, ohne einen Kratzer. Die Frage war, ob er sich bereit erklären würde, sie in seiner Limousine mitzunehmen. Man musste ihn in einem günstigen Augenblick erwischen ... oder bei Nini vorsprechen.

«Was is, spielste mit oder guckste Löcher in die Luft?», regte Albert sich auf.

Albert war ein Meister im Boule. Er nahm das Spiel bierernst. Daher war es eine zweischneidige Angelegenheit, wenn man in seiner Mannschaft war: Es war sicher, dass man gewann, aber man musste sich die ganze Zeit anschnauzen lassen. Alfred brachte sich in Position und versuchte, die Zielkugel anzuvisieren, aber gerade als er werfen wollte, wurde er von etwas in seinem Blickfeld abgelenkt. Seine Kugel landete außerhalb.

«Entweder biste dämlich, oder du machst das mit Absicht!», schimpfte Albert.

Der alte Alfred antwortete nicht. Sein Blick war auf etwas, genauer gesagt, auf jemanden gerichtet, der gerade im Hintergrund vorbeigegangen war: Es war Eugène mit einem Strauß Wildblumen in der Hand.

«Man könnte meinen, du hättest 'nen Geist gesehen», sagte Titi.

«Los jetzt, Jungs, wir sind mitten in der Partie», drängte Albert ungeduldig. «Diese Amateure, das nervt mich. Entweder man spielt, oder man spielt nich!»

«Also ich spiel nich», knurrte Alfred.

Er rückte seinen Hut zurecht und verließ mit entschlossenen Schritten den Bouleplatz.

———

Alfréd war verzweifelt. Ohne Auto war Wunsch Nr. 4 hinfällig, und ohne Wunsch Nr. 4 gab es keine Reise zum Meer... Seit ihrem Sturz vor einigen Tagen war seine Mutter unausstehlich. Ständig gab sie ihm Befehle und rauchte noch mehr als sonst. Seine Übernachtung bei Glenn und Brieuc war gestrichen worden, damit er in ihrer Nähe blieb, und die Backstunde bei Nénette, in der sie Karamellclafoutis machen wollten, um eine Woche verschoben. Er hatte wirklich kein Glück ... Vor lauter Wut hatte er seine neue Badehose unter den dicken Winterpullovern hinten im Schrank vergraben. Agnès schickte ihn die Post holen. Alfréd ging widerwillig zum Briefkasten. Darin lag ein Umschlag mit seinem Namen darauf. Er hatte keine Briefmarke, jemand musste ihn eingeworfen haben. Wer konnte ihm bloß geschrieben haben? Er warf einen Blick ringsum. Niemand zu sehen. Er lief hinten in den Garten und setzte sich in den Schatten des Kastanienbaums. Er hatte angefangen, die Bärenfalle wieder aufzufüllen, seit er erfahren hatte, dass es in Frankreich schon seit langer Zeit keine Bären mehr gab. Darüber war er ziemlich enttäuscht. Immerhin hatte er die Zigaretten seiner Mutter unten in das Loch geworfen, damit er es nicht umsonst gegraben hatte. Als er den Umschlag öffnete, achtete er darauf, ihn nicht zu zerreißen. Darin befand sich ein weißes Blatt Papier, das zweimal gefaltet war. Darauf stand:

Mein lieber Jung,
in letzter Zeit war ich nich besonders erwürdig. Es stimmt, das ich dich belogen hab. Ich hab nie einen echten Cowboy getroffen. Ich weiß nich, warum ich das erfunden hab. Vielleicht um intressanter zu sein. Manchmal passiern komische Dinge in meinem alten Schädel. Ich hoffe, du nimmst es mir nich allzu sehr übel. Um mich zu endschuldigen, hab ich eine überaschung für

dich (wenn du einverstanden bist). Wir treffen uns morgen Vormittag gegen 10 Uhr bei mir vor der Tür.
Dein geliebter (zumindest hoffe ich das!) Opa

P.S.: Pack die Badehose ein. Man weis ja nie, was kommt!

Alfréd stieß einen Freudenschrei aus, als er die letzte Zeile las. Sein Großvater hatte sich immer wieder verschrieben, der Text war voller Fehler, aber das störte ihn nicht: Er würde das Meer sehen! Er wusste nicht, wie sein Opa es anstellen wollte, aber er hatte offensichtlich einen Plan. Erst wollte er rüberlaufen und sich bedanken, doch dann besann er sich anders. Es war schon 5 Uhr nachmittags und damit höchste Zeit für einen Imbiss. Und danach musste er seine Sachen für den Ausflug morgen vorbereiten.

Der alte Alfred sah zum zigsten Mal aus dem Küchenfenster. Sein Enkel stand noch immer da, aufrecht in der Affenhitze, den Rucksack mit dem Fuchs auf den Rücken gezurrt. Seit 9 Uhr hielt er nach dem R16 von Titi Ausschau. Jetzt war es Viertel nach 12. Der Kleene hatte nicht zum Essen reinkommen wollen. Alfred hatte ihm ein Brot mit Pastete nach draußen gebracht. Es herrschte eine Mordshitze. Sie hatten den Tag tatsächlich gut gewählt! Es war keine Kleinigkeit gewesen, Titi davon zu überzeugen, sein Auto herauszurücken. Und er wollte es selbst fahren. Als ob es nur ihm gehorchen würde. Alfred hatte ihm zwei Portionen seiner allerbesten Kaninchenpastete und eine

Flasche sechs Jahre alten Trouspignôle versprechen müssen, damit er überhaupt einwilligte.

Der Alte schimpfte vor sich hin. Er hoffte, dass er das alles nicht umsonst gemacht hatte. Wenn Titi seinen Plan über den Haufen warf, dann würde er ihm das nie verzeihen. Diese Spritztour unter Männern war vor allem für den Kleenen. Er war derart enttäuscht gewesen, als seine Mutter von der Leiter gefallen war. Das musste man doch gesehen haben! Untröstlich war er! Er hatte nicht geweint, schließlich hatte er seinen Stolz. Aber er hatte dagestanden wie drei Tage Regenwetter. Alfred konnte es nicht ertragen, ihn so zu sehen.

Dieses Kerlchen war das Wichtigste in seinem Leben, und das schon seit dem ersten Tag, als er ihn auf der Geburtsstation gesehen hatte. Nicht dass er ihn schön gefunden hätte, ein Baby war nie schön, aber er hatte gefühlt, dass er zu ihm gehörte. Ein bisschen so, als wäre ein altes Wrack wie er dieses eine Mal an etwas Gutem beteiligt. Fleisch von seinem Fleisch, er hatte verstanden, was das bedeutete. Noch mehr als damals, als Odette und ihre Schwester geboren worden waren. Vielleicht, weil er seitdem in die Jahre gekommen war. Der Moment, als dieser kleene Kerl ganz frisch in seinen Pranken lag, hatte ihm Schauer über den Rücken gejagt wie noch nie. Außerdem war er genau am Tag seines sechzigsten Geburtstags geboren worden. Das war ein verdammtes Geschenk. Als seine Tochter ihm gesagt hatte, dass sie ihn nach ihm benennen wolle, nur mit einem Akzent auf dem «e», hatte er sogar eine Träne verdrückt. Und als sie hinzugefügt hatte, dass der Kleene ohne ihn niemals die Kraft noch die Lust gehabt hätte, auf die Welt zu kommen, da waren ihm noch mehr über die Wangen gelaufen...

Da war es doch das Mindeste, dass er ihm diesen Ausflug ans Meer ermöglichte. Wenn der R16 doch nur endlich kommen würde! Er wollte dem Jungen gerade vorschlagen, dass sie den Trecker nehmen und zu Titi fahren sollten, als er Alfréd rufen hörte: «Da sind Marcellin und Eugène!»

Dann: «Sie sind zu Fuß.»

Titi achtete so sehr auf das Äußere seines Autos, dass er vergessen hatte, die Füllstände zu überprüfen. Der R16 war in der Werkstatt. Er hatte zwei Boten geschickt, um die schlechte Nachricht in Le Camboudin zu überbringen. Die Moral der Truppe war am Boden. Alfred tat der Junge unendlich leid. Dieser hatte es tapfer hingenommen, aber er konnte seine Enttäuschung nicht verbergen.

Vier Stunden später tauchte Titi am Steuer seiner Limousine auf. Als er das Auto sah, brach der Kleene in Freudenschreie aus. Er fing an, mitten auf dem Hof zu gestikulieren und dabei ein Indianergeheul anzustimmen. Der Alte fragte sich, wo er das wohl gelernt haben konnte. Alle quetschten sich ins Auto, und um 16.30 Uhr fuhren sie endlich los. Der alte Alfred war vorne eingestiegen. Er hatte sich zum Copiloten ernannt, obwohl er keinen besonders guten Orientierungssinn hatte. Der Junge saß auf der Rückbank zwischen der dicken Wampe von Eugène und dem fehlenden Bein von Marcellin. Auf den Ledersitzen verbrannte man sich die Oberschenkel, besonders der Kleene, der eine kurze Hose trug, aber er beschwerte sich nicht.

Die Fahrt sollte anderthalb Stunden dauern. Rein theoretisch. Aber Titi fuhr sehr langsam. Anfangs war es noch lustig, sie sangen aus vollem Halse – man konnte es nicht leugnen, der Junge sang definitiv falsch – und redeten jede Menge dummes Zeug. Die Stimmung im Auto war blendend, doch irgendwann verlor der alte Alfred die Geduld: Titis Fahrweise war einfach unerträglich! Er tuckerte im Schneckentempo, weit unterhalb aller Beschränkungen. Er hatte seine Brille aufgesetzt und wirkte so konzentriert, als würde er Scrabble spielen. Alfred sah ihn gereizt von der Seite an, riss sich aber zusammen, damit er nicht an jeder Wegbiegung Flüche ausstieß. Er war dermaßen genervt, dass er seine Rolle als Copilot vergaß. Als sie mitten auf dem Land an einer Kreuzung ohne Schild anhielten, musste Alfred sich eingestehen, dass er absolut nicht wusste, wo sie waren. So sehr er auch versuchte, den Anschein zu erwecken, ihre Position auf der Karte zu suchen – keiner der Orte, die er dort las, sagte ihm etwas. Er musste sich an einem bestimmten Punkt vertan haben, doch er wusste nicht, wann. Wie so oft war es sein Enkel, der ihm aus der Patsche half.

«Sag mal, Opa, ist die Karte da vielleicht ein bisschen veraltet?», fragte er.

«Ganz genau, das hab ich mir auch schon gedacht!», rief Alfred aus. «Da is ja nix an der richtigen Stelle! Von wann is die Karte eigentlich, Titi?»

«...»

«Verflixt noch mal! Titi, ich sprech mit dir! Is die noch von vor dem Krieg oder was?»

Titi wusste nicht mehr, wann er sie gekauft hatte. Auf diese Weise kam Alfred einigermaßen heil wieder aus der Sache heraus. Alle außer dem Kleenen hatten begriffen, dass er nicht in der Lage war, die Karte richtig zu lesen. Aber keiner protestierte. Es kam nicht in Frage, ihn vor seinem Enkel bloßzustellen. Also nahmen sie den riesigen Umweg in Kauf, ohne mit der Wimper zu zucken. Dafür würde er später zahlen müssen.

Es war schon spät, als sie schließlich ankamen. Sie hatten zwei Pinkelpausen gemacht – in einer Reihe mit dem Hinterteil zur Straße. Im Auto herrschte bleiernes Schweigen. Der Junge war schließlich eingeschlafen. Titi parkte sein Auto direkt am unendlichen Strand. Marcellin rüttelte Alfréd sacht an der Schulter. Dieser blinzelte mehrmals, bis er begriff, wo er war. Die Sonne streifte den Horizont und ging gerade über dem Wasser unter. Im Radio sang Bourvil seinen alten Hit «Salade de fruits». Sie stiegen aus. Die Schönheit des Anblicks verschlug ihnen die Sprache. Es war warm und die Luft salzig. Die langsamen Wellen der Flut streichelten zärtlich den Sand. Der alte Alfred spürte, wie eine kleine warme Hand in seine glitt. Er senkte den Blick auf seinen Enkel: Seine vor Glück weit aufgerissenen Augen waren der Lohn für alle Mühen. Zu fünft saßen sie im Sand und blieben noch bis lange nach Einbruch der Nacht. Sie teilten sich die Tüte Chips und das Würstchen, die Alfréd aus seinem Rucksack hervorgeholt hatte. Sie hatten zwar nichts zu trinken, aber jede Menge Wasser vor sich.

Die Rückfahrt war keineswegs besser. Titi war kurzsichtig und konnte nachts nichts sehen. Er fuhr noch langsamer als zuvor. Aber das war nicht mehr wichtig, denn der Junge schlief friedlich auf dem Rücksitz, den Kopf an die Schulter von Eugène gelehnt und mit einem seligen Lächeln auf den Lippen.

6

Köttel hier und Köttel dort

September. Grauer Himmel und Schulbeginn. Widerwillig nahm Alfréd den Weg zur Schule wieder auf. Die Kumpane vom Bistro würden ihm fehlen, das war sicher. Um seine Tage angenehmer zu gestalten, hatte er einen Handel mit seiner Mutter vereinbart: Wenn er gute Noten von der Schule mitbrachte, bekam er die Erlaubnis, sonnabends nachmittags einige Zeit im Bistro zu verbringen (selbstverständlich nachdem er die Einkäufe beim Prisunic erledigt hatte), und er durfte mittwochs wieder zu Nénette zum Backen gehen. Außerdem war sie einverstanden, dass er seine Hausaufgaben bei seinem Opa machte, wenn sie nachmittags in die Fabrik musste. Der war ihm zwar nicht wirklich eine Hilfe, aber er konnte sich auf ihn verlassen, was den Nachmittagsimbiss anging!

Alfréd hatte so seine kleinen Gewohnheiten. Jeden Donnerstag sah er sich die Literatursendung «Kursiv» an, die von Marc Gilbert präsentiert wurde (die, bei der sich die Bücher im Vorspann von allein bewegten). Seine Mutter hatte nichts dagegen, da sie nicht zu Hause war. Sie verbrachte den Abend immer bei ihrer Freundin Guéno und nutzte die Gelegenheit, sich die Karten legen zu lassen. Sie ging um 19 Uhr und kam erst wieder, wenn er schon im Bett lag. Er stellte sich ein schönes Abendessen zusammen – Chips, Würstchen und Löffelbiskuits – und machte es sich damit auf dem Sofa bequem. Im Allgemeinen verstand er nichts von dem, was die Gäste erzählten. Aber irgendetwas sagte ihm, dass er viel von ihnen lernen konnte. Da wurde über Romane, Theaterstücke und Essays diskutiert, und alle qualmten wie die Schlote. Alfréd träumte davon, eines Tages daran teilzunehmen und sein Wörterbuch zu präsentieren. Er sah sich schon vor der Kamera, die Beine übereinandergeschlagen, gegelte Haare, mit Brille und einer schönen Motivkrawatte. Hoffentlich wäre er dann in der Lage, alle Fragen des Moderators zu beantworten. Im Übrigen hatte er ihm wegen Wunsch Nr. 5 geschrieben: Er wollte wissen, wie man es anstellen musste, wenn man ... «einen Schriftsteller treffen» wollte. Das war einer seiner sehnlichsten Wünsche, aber er war nicht so naiv zu glauben, dass ihm zufällig in den Straßen von Saint-Ruffiac ein Romanschriftsteller begegnen würde. Marc Gilbert hatte ihm nicht geantwortet. Vielleicht war sein Brief ja verlorengegangen.

Während er darauf wartete, im Fernsehen aufzutreten, hatte er mit seiner Lehrerin über sein Wörterbuch gesprochen. In der letzten Woche war das gewesen. Mademoiselle Morvan hatte ihn gebeten, zur Pausenzeit noch in der Klasse zu bleiben. Er hatte Bammel gehabt, Ärger zu bekommen, da er es gewesen war, der überall in der Pausenhalle und um die Fußballpfosten auf dem Hof Toilettenpapier ausgerollt hatte (eine Mutprobe, die er sich bei «Hopp oder Top?» gegen die Zwillinge eingehandelt hatte). Aber sie wollte ihn gar nicht deswegen sprechen. Sie hatte ihn nach seinem Notizbuch gefragt. Was er denn da hineinschreibe? Die Lebensweisheiten seines Großvaters erwähnte er lieber nicht, da er nicht sicher war, ob die letzte, Nr. 16, einer Lehrerin gezeigt werden sollte: «Mit dem Mut verhält es sich wie mit Eiern in der Hose, es ist besser, man hat sie»; aber er hatte sie an seinem Plan für das Wörterbuch teilhaben lassen. Im Gegensatz zu seiner Mutter hatte sie sich wirklich dafür interessiert, sie hatte ihn ermutigt und ihm sogar ein paar Ratschläge gegeben. Das hatte ihm gutgetan, denn tatsächlich fühlte er sich manchmal ein wenig allein mit all diesen Wörtern, wenn er mit niemandem darüber sprechen konnte. Er hätte ihr fast sein Vorhaben anvertraut, einen Schriftsteller zu treffen, doch im letzten Moment hatte er sich zurückgehalten, weil er Angst gehabt hatte, sich lächerlich zu machen. Im Übrigen wurde ihm langsam klar, dass die Erfüllung dieses Wunsches nicht ohne war.

―――

Victoires Apfelkuchen war der beste weit und breit, da gab es nichts dran zu rütteln. Eigentlich hätte man ihn auch Butterkuchen nennen können, so fett und saftig, wie er war. Der alte Alfred biss mit den wenigen Zähnen, die ihm geblieben waren, hinein. Er beschloss, nur die Hälfte davon zu essen. Ein Viertel davon würde er dem Kleenen als Imbiss geben und das letzte Viertel Joson. Der alte Joson hatte sich die Haxe gebrochen, als er von einem Hocker gefallen war, und Alfred hatte beschlossen, ihm einen Besuch abzustatten. Seit dem Zwischenfall mit Victoire hatte er den Beschluss gefasst, in dieser Hinsicht beherzter zu sein. Man musste doch da sein für seine Freunde.

Joson Corrigou lebte mit seiner Frau auf einem Bauernhof ein Stück hinter Le Camboudin. Alfred mochte ihn gern. Er war fünfundachtzig Jahre alt und fuhr noch mit dem Auto, zumindest versuchte er es. Er fuhr immer mit weit geöffnetem Kofferraum, und wenn er jemanden am Straßenrand grüßte, machte er einen gewagten Schwenker in dessen Richtung. Seine Hündin «Pflaume» war eine Art unförmige Promenadenmischung, die noch älter sein musste als er. Da sie taub war, blies Joson auf dem Jagdhorn, wenn er sie rufen wollte.

Alfred hatte sich schon auf den Weg gemacht, als er von Eugènes Moped eingeholt wurde. Es war eine Ewigkeit her, dass die beiden sich gesprochen hatten. Alfred schlug ihm vor, ihn zu begleiten. Auf dem Weg plauderten sie über alles und nichts. Eugène schien guter Laune zu sein. Alfred erfasste schnell, warum er so fröhlich war: Die Frau des Notars war aus den Ferien zurückgekehrt. Er versuchte auf seine Weise – das hieß, ohne jegliches Taktgefühl –, Gégène zu vermitteln, dass er nicht die geringste Chance bei ihr hatte. Doch das schien seinen alten Freund nicht zu stören. Die Tatsache, dass sie verheiratet und junge Mutter war, stellte kein Problem für ihn dar. Er hatte nicht die Absicht, sie vom rechten Wege abzubringen, er wollte ihr nur gefallen, was im Grunde nicht verwerflich war. Alfred konnte sich allerdings nicht vorstellen, wie Eugène ihr mit seiner Säufernase und dem roten grobporigen Gesicht gefallen könnte, so leid es ihm tat. Doch er beharrte nicht darauf. Manchmal war es besser zu schweigen.

Sie wurden von Ernestine, Josons Frau, in Empfang genommen. Sie backte gerade Crêpes. Ein kleiner Dreikäsehoch lief kreischend um sie herum. Er war untenrum nackt, und sein Popo war ganz verschmiert. Sie begrüßte sie und entschuldigte sich für den Tumult; ihr jüngster Urenkel sei wirklich ein Wildfang. Kräftig schüttelte sie jedem die Hand. Sie hatte Flossen wie ein Kerl. Auf dem Hof hatte sie die Hosen an, daran gab es keinen Zweifel. Der Knirps schrie immer weiter und fuchtelte dabei wild mit den Armen. Sie schnappte ihn mit einem Arm und befahl ihm, sofort aufzuhören. Dann nahm sie den Pfannenwender und kratzte ihm den Po damit ab. Sie ließ den Kleinen wieder los und wischte das Küchengerät notdürftig an ihrer Schürze ab.

«Schön, dass ihr vorbeikommt, Vater Corrigou (sie nannte ihn immer so) freut sich bestimmt», sagte sie und drehte dabei einen Crêpe mit dem Pfannenwender um. «Er arbeitet gerade, aber ihr könnt zu ihm reingehen.»

Alfred und Eugène tauschten einen bedeutungsvollen Blick und gingen in das Zimmer des Invaliden. Er war schwer beschäftigt: Seine Frau hatte ihm Kisten zum Einsortieren der Pflanzkartoffeln in sein Bett gegeben, damit sie keine Zeit verloren und er nicht aus dem Rhythmus kam. Die Laken waren mit einer feinen Erdschicht bedeckt. Seine Hündin hatte sich klugerweise ans Fußende gelegt. Sie war derart taub, dass sie nicht mal ein Ohr spitzte, als die beiden Besucher eintraten.

«Oh, wie schön euch zu sehen, Jungs!», rief Joson, als sie hereinkamen.

«So, so, die Chefin lässt dich nich faulenzen, wie ich sehe!», sagte Alfred.

«Das kannste wohl laut sagen! Und dann ham wir heut noch den kleinen Lausebengel zu Hause!»

Joson schnäuzte sich geräuschvoll.

«Biste erkältet?», erkundigte sich Eugène.

«Oh ja!», antwortete Joson und öffnete dabei sein Taschentuch. «Sieh dir das an! Wenn ich mir die Nase putz, kommt was Gelbes raus, man könnt fast sagen, sieht aus wie Ei!»

Dann fragte er ohne Übergang, was es denn im Ort so Neues gäbe. Während ihm die beiden Kumpel das Neueste berichteten, sortierte der Alte weiterhin gewissenhaft seine Pflanzkartoffeln ein. Irgendwann näherte sich Alfred, der doch ein wenig Mitleid hatte, dem Bett, um Joson zu helfen. Er wollte sich auf das Kissen stützen.

«Geh sofort da weg, du Tollpatsch!», schrie Joson (er hatte eine dünne, hohe Stimme).

Alfred zuckte zurück. Da hob Joson ganz vorsichtig eine Ecke seines Kissens an und enthüllte drei Eier, die darunter versteckt waren.

«Ernestine hat mir gesagt, ich soll sie ausbrüten, es muss ja für was gut sein, dass ich hier lieg», sagte er mit einem Augenzwinkern.

«Verdammte Weiber!», murmelte Alfred leise. «An manchen Tagen bin ich froh, dass ich zu Haus ganz allein bin!»

Als sie den Hof von Joson verließen, brüllte der Urenkel immer noch. Alfred lehnte den Crêpe zum Mitnehmen höflich ab. Eugène dagegen steckte mehrere davon ein, ohne mit der Wimper zu zucken. Auf dem Rückweg nahm Alfred Eugène das Versprechen ab, niemals Eier auszubrüten, es sei denn, die Frau war es wirklich wert.

———

Félicien war derart nervtötend mit seinen unglaubwürdigen Geschichten, dass keiner mehr Skrupel hatte, ihn deswegen auf den Arm zu nehmen. Gerade hatte er Albert das Wort abgeschnitten und angefangen, von einer Kuh zu erzählen, die er angeblich aus einem Brunnen gerettet hatte, was aber keinen der Kumpane am Tisch interessierte. Es war noch heiß an diesem späten Nachmittag, und alle waren ein bisschen erschöpft. Tophile und Marthe hatten einige Tische auf den Platz rausgestellt, um die herum sie sich gesetzt hatten.

«So, so», murrte Titi, «'ne Kuh unten in 'nem Brunnen ... Ich wüsst mal gern, wie die da rein geschafft hat!»

«Das war ein ziemlich breiter Brunnen», argumentierte Félicien.

«Und wie haste sie da rausgeholt?», hakte Eugène nach.

Eugène war der Einzige, der seine Kröten noch schluckte; man musste dazu sagen, dass er von seinem Wesen her ziemlich gutgläubig war.

«Mit Hilfe eines ausgeklügelten Flaschenzugsystems.»

«Was is er doch geschickt, unser Fabulant», machte Marcellin sich lustig.

«Altes Großmaul*», krakeelte die Tricot.

Sie saß ebenfalls draußen. Aber an ihrem eigenen Tisch.

«Und dann biste nach unten in dat Loch zu der Kuh geklettert?», fragte Eugène weiter.

«Na klar! Was denkst du denn? Ich musste doch den Schaden begutachten. Dem armen Tier ging es nicht besonders gut. *Alea jacta est* ...»

In diesem Moment betrat Prosper Le Goff den Platz, die Haare glatt zur Seite gekämmt und die Jacke bis oben hin zugeknöpft.

«Ach nee, da is ja der Plattfuß!», grüßte Alfred.

Die Armee hatte Prosper wegen seiner Plattfüße abgelehnt. Er hatte nicht wie alle anderen an die Front gehen können. Aber er hatte nicht Däumchen gedreht, während er auf die Rückkehr der Freunde gewartet hatte, vielmehr bestand der dringende Verdacht, dass er der Vater einer Reihe von Kindern war, die in dieser Zeit geboren wurden. Er hatte dem Land auf seine Weise gedient.

«Wie geht's denn unsrem Hübschen?», erkundigte sich Marcellin.

Prosper war nicht besonders hübsch, aber er *hielt* sich für hübsch, was absolut nicht dasselbe war. Alle mussten daher lachen, außer Titi, der einen Pik auf ihn hatte.* Le Goff setzte sich zwischen Albert und Eugène. Er roch sehr stark nach Kölnischwasser. Titi stand auf.

«Titi, gehst du schon?», fragte Albert.

Titi murmelte etwas von einer Parfümallergie.

«Aber du hast ja noch nich ausgetrunken», bemerkte Eugène empört.

«Mir is die Lust vergangen», brummte er und warf Prosper einen feindseligen Blick zu.

«Wer sich gestört fühlt, muss eben gehen», antwortete dieser standhaft.

Titi ballte die Fäuste und streckte seine Wampe vor. Das roch nach Ärger. Alfred stand auf und nahm seinen Arm:

«Ganz ruhig, mein lieber Titi, ganz ruhig», sagte er zu ihm.

Albert, Marcellin und Eugène erhoben sich ebenfalls – Solidarität verpflichtet eben.

«Ich glaub, wir machen uns auf den Weg, Tophile», warf Alfred dem Wirt zu, der sich gerade näherte und dabei seine Brustmuskeln spielen ließ.

«Und was ist mit meiner Kuh? Möchte denn keiner wissen, wie ich das geschafft hab?», erkundigte sich Félicien.

«Die muss wohl da unten in ihrem Loch bleiben, deine dämliche Kuh! Du gehst uns auf den Wecker mit deinen

Geschichten», kanzelte Titi ihn ab, bevor er mit den anderen im Gefolge den Ort des Geschehens verließ.

So befanden sich Félicien und Prosper schließlich allein am Tisch. Die Sonne brannte vom Himmel. Sie leerten schweigend ihre Gläser.

Alfred lag in seinem Bett. Er hatte einen leckeren Eintopf gegessen, den Agnès gekocht hatte, und wartete nun auf den Schlaf der Gerechten. Sein Kopf war schwer, sein Körper warm und sein Magen voller Kohl. Wie jeden Abend ließ er seine Gedanken hierhin und dahin schweifen. Er sagte sich, dass er richtig Glück habe, so einen netten kleenen Jungen zu haben und er ihn unbedingt fragen müsse, wie weit er denn mit seiner Wunschliste sei. Er hatte den Eindruck, dass der Kleene sich wegen dieser Sache mit dem Schriftsteller Sorgen machte.

Dann dachte er wieder an die Szene im Bistro am Nachmittag. Das war knapp gewesen. Titi hätte Le Goff fast seine dicke Pranke ins Gesicht gehauen. Keiner wusste so genau, warum er ihn so sehr verabscheute, aber man vermutete, dass es etwas mit Nini zu tun hatte ... Alfreds Augenlider waren dabei zuzufallen, als ihm plötzlich ein Geistesblitz – oder vielmehr ein Gesicht – durch den Kopf schoss. Mit einem Ruck richtete er sich in seinem Bett auf. Verflixt noch mal! Warum hatte er nicht schon eher daran gedacht? Dabei war es doch offensichtlich! Er kannte doch einen Schriftsteller! Und das schon seit langem. Er hatte zwar kein Wörterbuch verfasst, aber sein Buch war im Laden verkauft worden. Alfred stellte sich das Gesicht des Jungen vor: Es würde ihn umhauen! Wenn das nicht eine tolle Überraschung war! Er legte sich wieder hin. Victoire hatte ihm gesagt, dass Aufregung am Abend nicht gut für den

Schlaf sei. Der Alte lächelte, sie machte sich immerzu Sorgen um ihn. Schon bald ließ sein Schnarchen die Wände des Schlafzimmers erzittern.

―――

Wie jeden Sonntagmittag hielt Alfréd aus seinem Fenster heraus Ausschau nach seinem Großvater. Das sonntägliche Mittagessen war für ihn ein Höhepunkt der Woche. Sein Magen knurrte, das halbe Baguette mit Butter und die zwei Pains au chocolat vom Frühstück waren schon lange her. Der erste Glockenschlag ertönte vom Kirchturm von Saint-Ruffiac. Alfréd reckte den Hals, um sehen zu können, ob sich gegenüber etwas bewegte, aber nichts geschah. Joly Laryday, der Nachbarshund, lief weiter hinten über den Weg, der zwischen seinem Haus und dem des Großvaters verlief. Er war wohl mal wieder ausgebüxt. Genau auf den zwölften Glockenschlag tauchte im Hof des Bauernhauses ein Cowboyhut auf. Alfréd verließ seinen Ausguck und schrie, während er schnell die Treppe hinunterlief:

«Er koooooomt.»

Agnès' Hände steckten in angekokelten Ofenhandschuhen, als sie die Platte auf das Wachstuch stellte. Dem Jungen lief das Wasser im Mund zusammen, denn das dicke Hähnchen war von Kartoffeln umgeben, die in Butter schwammen.

«Hab keinen Salat gemacht», sagte sie, «geht auch ohne, oder?»

Sie stimmten zu. Agnès machte nie Salat zum Hähnchen, aber sie sagte es trotzdem jedes Mal. Sie fing an, sich über das Lehrmädchen in der Bäckerei zu beschweren, das nicht in der Lage war, das Wechselgeld passend herauszugeben, und über ihren Chef in der Fabrik, den sie nicht riechen konnte. Großvater und Enkel nickten nur, Kinn und Finger trieften vor Fett, sie waren zu sehr mit essen beschäftigt, um wirklich zuzuhören. Als der alte Alfred fertig war, lehnte er sich auf seinem Stuhl zurück. Er streckte den Bauch raus und stieß einen zufriedenen Seufzer aus. Alfréd machte es ihm nach.

«Also wirklich! Ihr seid mir zwei! Der eine nich besser als der andere!»

Alfred war begeistert: Er liebte es, wenn man ihn mit seinem Großvater in denselben Topf warf. Er blickte verschwörerisch zu ihm hin und bemerkte, dass er lächelte. Es war nicht sein alltägliches Lächeln, sondern das für ganz besondere Anlässe (dann sah man ein Stück von seinem rechten Eckzahn herausgucken).

«Warum lächelst du so, Opa?»

«Na, na, na! Heute kannst du mich ruhig ehrwürdig nennen, kleener Mann.»

«Aha? Und warum?»

«Heb mal erst deinen ehrwürdigen Hintern an, um abzuräumen!», pflaumte seine Tochter ihn an.

Agnès hatte zur Abwechslung mal wieder schlechte Laune. Normalerweise hätte der Alte sich gefügt, doch dieses Mal blieb er sitzen und wandte sich an seinen Enkel.

«Mein Kleener ... Ich hab einen Schriftsteller für dich gefunden!», verkündete er.

Alfréd riss erstaunt die Augen auf.

«Aber ... aber wie hasten das geschafft?»

«Wie hast *du das dann* geschafft», verbesserte seine Mutter ihn.

«Na, ich kenn doch viele Leute, was denkst du denn?»

Alfréd fing an, ihn mit Fragen zu bombardieren: Wer das

denn sei und warum er ihm nicht schon früher von ihm erzählt habe und wann er ihn kennenlernen würde ...

«Sehr bald, sehr bald ...», sagte sein Großvater nur.

Es klopfte an der Tür. Alle drei schreckten hoch.

«Wenn man vom Teufel spricht ... dann is er schon da!», rief Alfred aus. «Ich hab ihn zum Dessert eingeladen.»

Agnès verdrehte die Augen: «Du und deine verdammten Überraschungsgäste!»

Alfréd war bereits aufgestanden und stürzte zur Tür. Mit klopfendem Herzen öffnete er sie. Dann war er sprachlos.

«Aber ... Aber was machst du denn hier, Félicien?», fragte er.

«Komm rein, Félicien, komm rein!», rief der alte Alfred von der Küche aus.

Agnès schluffte in ihren rosafarbenen Puschen zum Geschirrschrank, um einen zusätzlichen Dessertteller herauszuholen. Félicien betrat hinter dem Jungen den Raum, der so überrascht wirkte, als hätte er gesehen, wie Josons lahme, alte Hündin eine Pirouette vor ihm drehte. Félicien begrüßte Agnès mit dem Hinweis, dass er ein Mittel gegen ihr rotes Gesicht wüsste, wenn sie wollte. Sie ließ ihn abblitzen und gab ihm einen Teller mit einem Stück Apfelkuchen mit Vanillecreme.

«Das ist sehr nett, dass ihr mich eingeladen habt», sagte Félicien.

Agnès wollte ihm gerade sagen, dass sie nichts damit zu tun hatte, eher im Gegenteil, als ihr Vater einwarf: «Bedank dich nich zu früh, du weißt ja noch nich, warum ich dich herbestellt hab.»

Félicien runzelte die Stirn. Damit konnte er nichts anfangen. Alfréd hatte sich ebenfalls wieder an den Tisch gesetzt, ohne Félicien aus den Augen zu lassen.

«Also, mein Kleiner», sagte der, «du machst ja ein Gesicht. Als hättest du mich noch nie im Leben gesehen!»

Der Junge schluckte.

«Félicien, stimmt es, dass du Schriftsteller bist und ein Buch geschrieben hast?»

Der gute Mann wurde blass. Er warf dem alten Alfred einen vernichtenden Blick zu.

«Was ist das für ein Buch?», wollte der Kleine wissen.

«Äh ... Ein Buch über die Natur.»

«Du hast ein Buch geschrieben?», mischte Agnès sich ein. «Sachen gibt's. Und worum geht's da?»

«Sag ihnen den Titel, dann haben sie 'ne Vorstellung.» Der alte Alfred musste sich das Lachen verkneifen.

«Verdammter Ochse, das wirst du mir büßen!», zischte Félicien zwischen den Zähnen hindurch. Dann verkündete er laut und versuchte dabei, seine Würde zu bewahren: «*Köttel hier und Köttel dort*. Das ist der Titel.»

Vater und Tochter brachen in Lachen aus. Die Augen des Jungen wurden so groß wie Untertassen. Während Agnès und Alfred sich noch auf die Schenkel klopften, dachte er nach: Wenn diese Geschichte stimmte, dann würde das bedeuten, dass er schon seit Jahren mit einem Schriftsteller verkehrte, ohne es zu wissen. Die Welt war doch einfach verrückt! Félicien war aufgestanden, er war entschlossen, diesen Ort mit dem letzten Stolz, der ihm geblieben war, schnellstmöglich zu verlassen.

«Was ist das für ein Gefühl, ein Buch geschrieben zu haben?», fragte Alfréd ihn dann.

Das Gelächter verstummte sofort. Der Kleene hatte bereits sein Notizbuch und einen Bleistift gezückt.

«Woher hattest du deine Inspiration? Hast du das Bild für den Umschlag selbst ausgesucht?»

«...»

«Hast du eher nachts oder tagsüber geschrieben? Wer hat deine Rechtschreibfehler korrigiert? Hast du schon mal Autogramme gegeben?»

Félicien setzte sich wieder, ein bisschen überrascht von der Wendung, die die Dinge genommen hatten. Als er feststellte, dass der Junge wirklich interessiert war, kam sein legendäres Mundwerk wieder in Gang. Schon bald begann er damit, über seine Recherchen zu referieren, vom kurzen und dicken Köttel des Rotfuchses leitete er mit Freude zum gedrungenen und dichten Köttel von Vater Dachs über, der mit der Zeit unförmig wurde. Der Junge schwebte auf Wolke sieben. Das hätte er im Leben nicht erwartet! Er würde Köttel von jetzt an mit ganz anderen Augen sehen. Sie unterhielten sich wie zwei alte Kameraden. Erst als Félicien aufstand, um zu gehen, merkte Alfréd, dass seine Mutter und sein Großvater die Küche verlassen hatten. Agnès hatte sich an das Abstauben ihrer Eulensammlung gemacht, und Alfred hatte sich zu einem improvisierten Nickerchen ins Wohnzimmer zurückgezogen.

———

Der Monat September neigte sich dem Ende zu, und im Dorf rüstete man sich für ein Ereignis von großer Bedeutung: Saint-Leau stand bevor. Es war ein Viehmarkt, der das bretonische Arbeitspferd in jeglicher Hinsicht feierte. Schon eine Woche zuvor verbreiteten Megaphone Musik in den Straßen. Das machte Marthe schier verrückt, weil das Megaphon, das an dem Pfosten in der Nähe ihres Fensters hing, knisterte. Das Fest fand auf dem größeren der beiden Fußballplätze statt, dem, der nicht der Normgröße entsprach. Es duftete nach Mist, und man sah, wie sich Arbeitspferde und Fohlen auf der Wiese präsentierten, während der Ansager, der im Übrigen den Rekord für den größten Blutwurstverzehr beim Schweinefest innehatte, alles eifrig kommentierte. Es gab Stände aller Art, Darbietungen von altem Kunsthandwerk und ein Fest-Deiz*. Die kleinen Mädchen drehten sich in ihren Kleidern, bis sie fast umfielen, und die Omas klopften im Takt mit den Füßen. Die kleinen Jungs ließen in den Kuhfladen Knallfrösche explodieren, und die Opas standen am Getränkestand. Es gab herzhafte Galettes, Schweinefleisch in allen Variationen und viel Cidre. Ein jeder war glücklich. Genau genommen brauchte man nicht mehr.

Wenn er ein bisschen beschwipst war, rief Eugène für gewöhnlich lauthals aus: «Saint-Ruffiac und Le Camboudin, dat Paradies der Bauerntrampel!»

Und die Kumpane stimmten zu.

Wie jedes Jahr beschloss auch dieses Mal eine große Verlosung die Festlichkeiten. Der alte Alfred hatte seinem Enkel mehrere Lose gekauft. Alfréd hatte noch nie etwas gewonnen, glaubte aber weiterhin felsenfest daran, dass es diesmal so weit wäre. Die Gewinner sollten am späten Nachmittag bekannt gegeben werden. Alfred war gerade am Getränkestand und schnackte* mit Eugène, Tophile und Marcellin auf seinen Krücken, als der Junge auftauchte und ihn unterbrach: «Ehrwürdiger Opa, wie spät ist es?»

«Du hast mich jetzt schon zehnmal danach gefragt. Geh und spiel mit deinen Kameraden! Das dauert noch mit der Ziehung!», fuhr der alte Alfred ihn an.

«Wie kannste immer noch drauf bestehen, dass er dich

ehrwürdig nennt? Bist ja nich ehrwürdiger als 'ne Kuh, die kackt!», machte Marcellin sich lustig.

«Das geht euch nix an, ihr alten Schluckspechte!», antwortete Alfred.

«Ganz schön empfindlich, unser Cowboy!», stellte Tophile fest und gab ihm einen Klaps auf den Rücken.

«Aber was sollen wir machen, wenn ich den ersten Preis gewinne? Wir haben ja auf unserer Wiese keinen Platz für ein Fohlen!», meldete sich Alfréd wieder leise.

Die vier Alten verstummten und senkten den Blick auf den Jungen. Er machte sich ernsthafte Gedanken.

«Und der zweite Preis ist ein halbes Kalb», fuhr der Junge fort. «Was machen wir, wenn ich die hintere Hälfte gewinne? Meinst du, ich kann sagen, ich hätte lieber den Kopf als das Hinterteil? Und dann der vierte Preis, das ist eine Kaffeemaschine, aber ich trinke doch keinen Kaffee. Außerdem gibt es noch einen Taschenföhn, aber den brauch ich nicht, eine ganz hässliche Mütze mit einem passenden Stift, eine Pflanze, aber man weiß nicht, was für eine, und dann noch einen Gartenzwerg, und ...»

Was sollte man zu dieser langen Liste sagen? Der alte Alfred rückte seinen Cowboyhut zurecht und zog die Nase hoch. Er wollte gerade ansetzen und dem Jungen zwei, drei Dinge erklären, als er feststellte, dass dieser verschwunden war. Der Ansager hatte offenbar gerade angekündigt, dass er gleich die Gewinner bekanntgeben würde. Alfred seufzte. Das kam ihm gelegen, er war mehr in der Stimmung zu bechern, als über die Preise der Verlosung zu debattieren. Plötzlich hörte Luis Mariano auf zu singen. Am Mikro hörte man die Stimme seines Enkels!

«... Ja, ich freue mich sehr, Monsieur», sagte er, «vor allem, weil mir die anderen Preise nicht so gut gefallen. Mein ehrwürdiger Opa sagt immer, dass die Preise der Tombola, natürlich abgesehen von den ersten drei, beschissen sind, weil die Ladenbesitzer von Saint-Ruffiac in Wirklichkeit nur solche Sachen spenden, die sie in ihren Geschäften nicht mehr haben wollen.»

Alfred verschluckte sich an seinem Wein, und Tophile sah ihn schräg an (er hatte Preis Nr. 13 und 14 gespendet: eine Kronenbourgmütze und einen Ricard-Krug). Die Musik setzte mit Tino Rossi wieder ein und übertönte Alfréds Stimme, der weiter ins Mikro sprach.

Er hatte den dritten Preis gewonnen: Es war ein Hund.

7

Brioche

Alfréd beschloss, ihn Brioche zu nennen. Das war zwar eigentlich eher ein Mädchenname, aber er fand, er passte gut zu ihm. Brioche war ein wunderschöner schwarzweißer Hütehund. Eine ganz andere Liga als die Hunde aus der Nachbarschaft: Er bewegte sich viel eleganter als Pflaume und gehorchte eindeutig besser als Joly Laryday. Was für ein Glücksgriff, dieses Tombola-Los! Besonders, da ein Hund doch sein Wunsch Nr. 6 gewesen war. Das war wirklich eine unglaubliche Geschichte ... Sein Großvater schien allerdings nicht ganz so glücklich darüber zu sein wie er. Dazu musste man sagen, dass sich seine Mutter strikt geweigert hatte, das Tier bei sich aufzunehmen, weshalb Brioche bei dem alten Alfred gelandet war.

Der Junge und sein Hund waren bald unzertrennlich. Jeden Tag holte Brioche ihn von der Schule ab, wo er bald zum Maskottchen des Pausenhofs wurde. Um kurz vor halb fünf richteten sich alle Augen der Klasse auf die Fenster, um nach ihm Ausschau zu halten.

Alfréd bekniete seine Mutter, ihm eine Leine zu kaufen. Was sie schnell bereute, weil sie eine Stunde im Prisunic rumstehen musste, bis er sich entschieden hatte, welches

Modell es sein sollte. Schließlich nahm er eine Leine mit rotem Griff, bei der man die Schnur einziehen konnte. Doch Brioche hielt nicht viel davon. Sobald Alfréd sie an seinem Halsband befestigte, legte sich der Hund hin und rührte sich nicht vom Fleck. Alfréd konnte noch so sehr daran ziehen oder versuchen, ihn zu überlisten. Das Tier ließ sich höchstens einige Meter über den Hof zerren, dachte aber nicht daran, sich zu erheben. Schlimmer noch, nach einer Weile begann der Hund, wie wild zu winseln. Ein herzzerreißendes Klagen, das durch ganz Le Camboudin schallte. Letztlich gab sich Alfréd geschlagen und überließ die Leine seinem Großvater, der sie an seinem Hühnerstall als Türspanner einsetzte.

―――

Der alte Alfred war von dem Hund anfangs wie gesagt nicht gerade begeistert. Im Haus wollte er ihn jedenfalls nicht haben, zumal er gerade andere Sorgen hatte: Nachdem der Kleene ihn auf dem Saint-Leau öffentlich blamiert hatte, war er im Dorf nicht mehr gut angesehen. Es würde eine Weile dauern, bis sich das wieder gelegt hätte...

Nicht lange hingegen dauerte es, bis er Brioche liebgewann. Er war aber auch wirklich ein freundlicher Hund – manchmal hatte er sogar den Eindruck, er würde ihn anlächeln –, und ein wenig Gesellschaft konnte ihm nicht schaden. Zu Beginn hatte er ihn in der Hundehütte untergebracht, die er noch von früher hatte. Sie war das Zuhause einer gutmütigen Promenadenmischung gewesen, die sich allerdings irgendwann mit einem zur Leine umfunktionierten Seil erwürgt hatte, als sie über eine Hecke springen wollte. Brioche hatte Alfred dann aber eines Abends doch in der Küche schlafen lassen. Und am nächsten Morgen hatte der Hund am Fußende seines Bettes auf dem Schaffell gelegen. Dabei war sich der alte Alfred sicher, die Tür geschlossen zu haben. Jedenfalls war es seither so geblieben…

Brioche hatte einige seltsame Angewohnheiten, zum Beispiel pinkelte er wie ein Mädchen. Anstatt das Hinterbein zu heben, hockte er sich hin. Alfred hatte sich bemüht, ihm zu zeigen, wie man es richtig macht, aber das hatte zu nichts geführt.

Er pfiff nach Brioche, der auf dem Hof einem Huhn nachjagte, weil es Zeit fürs Abendessen war. Kaum waren sie drinnen, brachte der Hund ihm seine Hausschuhe – diesen kleinen Luxus hatte er sich erlaubt, ihm beizubringen. Er wärmte sich sein Essen auf: Coq au Vin – von Victoire zubereitet. Sie war so nett zu ihm! Gern hätte er sie jeden Tag besucht, aber ihre Tochter verhinderte es. Dauernd musste sie sich in Dinge einmischen, die sie nichts angingen. Beim letzten Mal hatte sie ihm vorgeworfen, er habe ihre Mutter zum Trinken verführt. Was für ein Unsinn! Als hätte Victoire ihn dafür gebraucht.

Aber immerhin musste man ihr doch zugutehalten, dass ihre Mutter ihr offenbar wichtig war. Was man von seinen Töchtern nicht gerade behaupten konnte, die ihn an manchen Tagen lieber tot als lebendig sehen würden. Erst gestern hatte Agnès zu ihm gesagt, dass sie es gut fände, wenn er eher wie der alte Guézennec wäre, weil der jedenfalls niemanden mehr nerven würde. Wenn man den Zustand des ältesten Guézennec kannte, war das nicht gerade ein Kompliment. Der vegetierte nämlich auf einem Krankenbett in einer Ecke des Wohnraums dahin, und es war schwer zu sagen, ob er tot oder lebendig war. Niemand hatte ihn je ein Auge öffnen sehen. Mit Schiffermütze und

Fischerhemd lag er, die Arme nah am Körper, unter der Decke und rührte sich nicht...

Odette ging nicht viel liebevoller mit ihm um als Agnès. Sie kam immer nur auf einen Sprung vorbei, als hätte sie Angst, ihr Auto könnte schmutzig werden, wenn sie sich allzu lange in Le Camboudin aufhielt. Aktuell stand ihr alljährlicher Besuch zu Allerheiligen an. Alfred war nicht unglücklich, sie zu sehen, auch wenn ihre Anwesenheit oft für mehr Ärger als Freude sorgte. Seine ältere Tochter war in Ordnung, aber einfach zu schnell für ihn. Sie machte tausend Dinge auf einmal, ohne zu merken, dass ihn das durcheinanderbrachte. Und vor allem blickte Odette auf sie alle herab – auf ihn, Agnès und ihr einfaches Leben. Er vermutete, dass ihr Kerl sie beeinflusste. Einmal war er mitgekommen. Er roch fast so stark wie Brioche – wenn auch anders – und behielt die ganze Zeit seine Sonnenbrille auf, auch drinnen. Sie waren auf dem Rückweg von der Côte d'Azur und redeten ständig nur von «Casino» und «Roulette».

Odette hatte den ganzen Abend gelacht, aber der Alte hatte gemerkt, dass sie ihrem Kerl immer wieder vielsagende Blicke zugeworfen hatte. Klar, Fliegen und Bauernhof waren etwas anderes als Möwen und Hotel. Sie hatten bei Agnès geschlafen und nicht bei ihm, weil sie ein *richtiges* Badezimmer brauchten. Als würde man aus seinem weniger sauber rauskommen!

Trotzdem liebte er seine Töchter! Er hielt sie für starke Frauen, jede auf ihre Weise. Zugegeben, das Leben war nicht gerade zimperlich mit ihnen umgegangen. Von einem Tag auf den anderen hatten sie ihre Mutter verloren. Madeleines Krankheit war viel zu spät diagnostiziert worden. Ihre Welt war zusammengebrochen, und auch Alfred hatte das alles vollkommen überfordert. Agnès war zu dem Zeitpunkt erst vierzehn gewesen und Odette gerade volljährig. Am Abend nach der Beerdigung hatte sie verkündet, sie würde nach Paris gehen, um Krankenschwester zu werden. Agnès hatte alles getan, um sie davon abzubringen. Aber Odette hatte um jeden Preis weggewollt aus Le Camboudin. Das hatte ihre Schwester ihr bis heute nicht verziehen. Sie hatte sich alleingelassen gefühlt und mit allem zu hadern begonnen – angefangen bei ihm, ihrem Vater. Sie hatte ihm das Leben verdammt schwer gemacht, indem sie zu trinken begonnen und alle möglichen anderen Dummheiten begangen hatte. Er hatte versucht, so gut wie möglich dagegenzuhalten, war aber nicht sehr erfolgreich gewesen. Mit Rémi würde es sich ändern, hatte er gehofft. Leider waren die alten Dämonen seiner Tochter nach der Hochzeit zurückgekehrt. Die Geburt des Kleenen hatte sie ein wenig milder gestimmt, doch nach wie vor verbreitete Agnès überall schlechte Stimmung. Bei jeder Gelegenheit fing sie an zu motzen, besonders wenn ihre Schwester in der Nähe war. Sie stritten wegen nichts und wieder nichts. Wenn sie gemeinsam in Agnès' Haus waren, hörte Alfred sie bis zu sich brüllen. Sie waren grundverschieden ... Die eine versnobt, die andere dem Alkohol verfallen. Er hatte echt das ganz große Los gezogen.

―――

Agnès und Odette tranken in der Küche Kaffee. Alfréd wäre gern bei ihnen geblieben – Tante Odette kam nicht oft zu Besuch –, aber seine Mutter hatte ihn rausgeschickt.

Wie jeden Sonnabend musste er auf «Häufchentour» gehen. Mit einer Schaufel ohne Stiel sammelte er im Garten die Hundekacke ein. Brioche betrachtete Agnès' Garten als seine Toilette, vielleicht aus Rache, weil sie ihn nicht bei sich haben wollte. Jedenfalls gelang es ihm regelmäßig, sie zu überlisten und unter dem Zaun durchzukriechen oder sich durch die Kirschlorbeerhecke zu schlagen. Im Garten nutzte er die Gelegenheit, überall Löcher zu graben. Zum Glück war Alfréds Großvater dagegen, ihn einzusperren, sonst wäre es Brioche wie dem alten, halbblinden Schäferhund der Guézennecs ergangen, der immer an einem Pflock auf dem Hof festgebunden war. Alfréd bückte sich und hielt die Luft an, während er ein Häufchen aus dem Gras einsammelte, igitt!

Das Küchenfenster stand weit offen, sodass die Stimmen seiner Mutter und seiner Tante gut zu hören waren. Tante Odette war am Tag zuvor wegen Allerheiligen gekommen. Sie hatte ihm ein tolles Geschenk mitgebracht: ein kleines rotes Auto, das genauso aussah wie ihr eigenes, nur in Klein. Er hörte sie klagen, dass sie in Paris keine Zeit mehr gehabt habe, noch zum Friseur zu gehen, und dass sie unmöglich so zum Friedhof gehen könne.

«Dann gehste einfach hier», schlug Agnès vor.

«Damit ich mit lila Haaren wieder rauskomme? Willst du wirklich, dass ich aussehe wie die Rentnerinnen hier? Lieber sterbe ich!», keifte Odette. «Du solltest übrigens mal was mit deinen machen, so strohig, wie die sind. Und von wem lässt du sie eigentlich schneiden? Wahrscheinlich von irgendeiner alten Bekannten, die halb blind ist.»

Sie wurden immer lauter. Alfréd entfernte sich mit der Schaufel in der Hand, um sich wieder seiner Aufgabe zu widmen. Verstohlen näherte er sich dabei dem Auto seiner Tante. Was für eine tolle Karre! Ein brandneues Cabriolet. Wenn nur seine Freunde ihn in dem Wagen sehen könnten. Dann würde er Tante Odette bitten, voll auf die Tube zu drücken, und sie würden durch Saint-Ruffiac preschen. Schade, dass sie noch nie auf die Idee gekommen war, eine Spritztour mit ihm zu machen. Egal, es gab Schlimmeres im Leben, wie Tophile immer mit Blick auf die Urne seines Bruders Roger in der Nische sagte. Das Dach des Cabriolets war geschlossen, auch die Fenster waren zu. Er warf einen Blick hinein: beigefarbenes Leder! Todschick! Er wollte die Häufchen loswerden, um in Ruhe das Armaturenbrett zu inspizieren. Mit aller Kraft versuchte er sie in die Lorbeerhecke zu schleudern, doch gerade als er die Kacke auf den Weg schickte, hörte er ein lautes *Bäng*. Die Schaufel war mit der Kante gegen die Beifahrertür des schönen Wagens geknallt.

Odette stand an ihrem Auto und fluchte, was das Zeug hielt. Agnès hatte die Hände in die Hüften gestemmt und nickte bekräftigend, während der alte Alfred sich vorbeugte, um die dicke Schramme unter dem Griff der Beifahrertür genauer zu begutachten. Es war eher eine Delle als eine Schramme, als wäre etwas Schweres gegen das Blech geschlagen. Hatte jemand das Cabriolet in der Nacht absichtlich so zugerichtet? Dann hatte dieser jemand jedenfalls ganze Arbeit geleistet! Diese Feststellung behielt der Alte jedoch lieber für sich. So selten wie Odette kam, wollte er die Sache nicht noch schlimmer machen.

«Er wird mich umbringen», jammerte sie und meinte damit ihren Kerl, «dabei kann ich doch gar nichts dafür!»

Alfred tauschte einen Blick mit Agnès, und kurz war ihm so, als hätte seine jüngere Tochter ihm verstohlen zugelächelt.

«Jetzt mach aber mal halblang, du musst immer gleich aus allem so 'n Drama machen!», schimpfte Agnès. «Es is niemand gestorben!»

Odette warf ihr einen bitterbösen Blick zu.

«Na, du mit deiner alten Karre hast gut reden!»

Ihr flaschengrüner Peugeot 404 war Agnès heilig, auf den ließ sie nichts kommen.

«Weißt du, was mein 404er zu dir sagt? ‹Mir doch scheißegal, wie du zu deiner dämlichen Haarschneiderin kommst, da kannste zu Fuß hingehen.›»

Genervt blickte Odette gen Himmel. Sie hatte unbedingt bei einem Friseur in Pontivy einen Termin machen wollen, dreißig Kilometer entfernt, weil er ihrer Meinung nach in dieser Gegend der einzige war, der etwas von seinem Handwerk verstand. Dorthin kam sie aber nur mit dem Auto, doch nachdem nun jemand gewagt hatte, sich an ihrem schicken Cabrio zu vergreifen, kam es nicht in Frage, dass sie sich damit in dieser hinterwäldlerischen Gegend noch irgendwo hinbewegen würde. Wenn ihre Schwester sie nicht fuhr, saß sie fest. Der alte Alfred verstand gar nichts mehr. Warum wollte sie überhaupt zu Allerheiligen frisch frisiert sein, wo doch ohnehin mit Regen zu rechnen war und sie nass werden würde wie alle anderen auch?

«Und dir fällt gar nichts dazu ein, Papa?», fragte Odette gereizt. «Was hältst du denn davon?»

Er zuckte mit den Schultern – er war heute nicht zum Reden aufgelegt – und machte sich lieber auf den Weg zu seinem Enkel, der den ganzen Vormittag in seinem Zimmer geblieben war. Er klopfte an seine Tür.

«Wer ist da?», fragte der Kleine mit zaghafter Stimme von drinnen.

«Der Ehrwürdige!»

«Aaah! Opa!», sagte Alfréd und öffnete ihm.

Er strahlte übers ganze Gesicht. Der Alte hätte ihn am liebsten in den Arm genommen, so ein Sonnenschein war der Bengel, begnügte sich aber damit, ihm in die Wange zu zwicken.

«Ich lerne gerade ein Gedicht von Jacques Prévert», teilte der Junge ihm mit.

Der Name kam Alfred bekannt vor, aber woher, wusste er nicht mehr. Das Gedächtnis war keine feste Größe, es zerrann einem zwischen den Fingern.

«Soll ich es dir aufsagen?»

Alfred nickte und setzte sich auf den kleinen Drehstuhl, während sein Enkel die Verse auswendig vortrug. Der Alte war stolz auf den Jungen. Später würde er eine Arbeit haben, die ihm Spaß machte, er würde in der Stadt leben und interessante Leute kennenlernen. Aber ab und zu käme er sicher doch noch nach Hause, sonst wäre es einfach zu schwer zu ertragen...

Agnès platzte ins Zimmer ohne anzuklopfen.

«Sag mal, du hast nicht vielleicht was Verdächtiges bei Odette ihrem Auto gesehen?», fragte sie ihren Sohn.

An der Art, wie er antwortete – «Ähm ... nein, warum?» –, ahnte der Alte sofort, dass der Kleene mehr wusste. Aber er sagte nichts. Ein paar Geheimnisse durfte ja wohl jeder haben.

———

Alfréd mochte Allerheiligen sowieso nicht, aber dieses Jahr schien es wirklich besonders schlimm zu werden. Die Stimmung zu Hause war fürchterlich. Seine Mutter und seine Tante zerfleischten sich seit drei Tagen gegenseitig.

Die Sache mit der Schramme im Auto hatte es nicht besser gemacht, und auch wenn er glimpflich davongekommen war, spurte Alfréd doch lieber. Er zog seine Fliege zurecht und ging widerwillig ins Wohnzimmer hinunter, wo seine Mutter auf ihn wartete, um zum Friedhof aufzubrechen. Sie war ganz in Schwarz gekleidet und damit wenigstens einmal nicht in ihrem üblichen Trainingsanzug unterwegs.

Als Tante Odette an der Haustür zu ihnen stieß, begrüßte sie nur Alfréd. Sie beugte sich zu ihm hinab und küsste ihn auf die Wangen. Ihre Schwester ignorierte sie. Sie roch blumig – viel besser als der Mottenkugelgeruch, den die Kleidung seiner Mutter verströmte –, und ihr Kleid war sehr elegant. Ihre Frisur war allerdings weniger gelungen. Sie war schließlich doch zu der Friseuse in Saint-Ruffiac gegangen und mit einer Art Sauerkrautberg auf dem Kopf wieder rausgekommen, der nicht besonders vorteilhaft war.

«Aaach», sagte sie, als sie seufzend die Tür öffnete, «ich hasse Allerheiligen, und es regnet wie aus Eimern.»

Alfréd konnte ihr nur zustimmen. Nicht nur regnete es, sie würden auch den ganzen Tag über traurige Dinge reden und über tote Leute, die er nicht kannte. Wie immer gingen sie zuerst in die Messe und dann auf den Friedhof. Er war, wie jedes Mal, schon nach der Kirche hungrig, aber bis zum Essen würde es noch eine halbe Ewigkeit dauern. Dafür kamen alle aus Le Camboudin zusammen. Das war wenigstens mal etwas anderes als das Bistro.

Doch erst mal versammelten sie sich an Madeleines Grab. Alfréd hatte sie nicht gekannt. Sein Großvater meinte, das wäre nicht so schlimm, weil sie wohl eine alte Meckerziege gewesen war. Madeleine und er hatten sich anscheinend die ganze Zeit angeschrien. Offenbar hatte sie keinen guten

Charakter gehabt. Alfréd fragte sich, wieso sein Großvater eine so miesepetrige Frau dann überhaupt geheiratet hatte.

Agnès legte Blumen auf das Grab und murmelte dabei vor sich hin, dass Alfred und Odette noch ihren Anteil daran zu zahlen hätten, ehe sie langsam über den Friedhof zurückgingen. Unterwegs trafen sie Titi und Nini in ihrem schönsten Aufzug mit ihren vier Söhnen und sieben Enkeln. Als sie der Friseuse mit ihren platinblonden Haaren begegneten, taten sie so, als hätten sie sie nicht gesehen, obwohl sie ihnen wild zuwinkte. Odette war stinksauer auf sie. Durch den Regen hatte sich ihr Haar gekräuselt und stand wie Antennen in alle Richtungen von ihrem Kopf ab, was wie ein Heiligenschein wirkte.

Nénette hätten sie fast nicht bemerkt, sie ging so gebückt, dass sie kaum höher war als die Grabsteine um sie herum. Und schließlich kam ihnen noch Eugène entgegen, dessen weißes Hemd für besondere Tage über seiner Wampe spannte. Er hatte weder eine Frau noch sonstige Familie zu beweinen (seine Eltern waren in Pleucadeuc begraben), ging aber aus Solidarität auf den Friedhof, wie er sagte. Vor allem hoffte er darauf, von jemandem zum Essen eingeladen zu werden, was Alfred prompt tat, wofür er von Agnès einen bösen Blick erntete. Sie wollten den Friedhof schon verlassen, als sie die Tricot auf allen vieren auf dem Grab ihres Mannes kauern sahen.

«Sieh dir das an, Gégène», sagte Alfred und stieß ihn mit dem Ellbogen in die Seite, «ich sag doch, an Allerheiligen geschehn Wunder! Die Tricot mal nicht im Bistro.»

Sie fingen an zu lachen. Agnès schimpfte, dass mit ihnen weniger anzufangen sei als mit einem Sack Flöhe. Zum Glück hatte die Tricot nichts gehört. Alfréd betete, dass sie sie auch nicht sehen würde, er war sehr hungrig.

«He da», rief sie in dem Moment.

Alfréd seufzte. Die Tricot pflanzte sich auf den Grabstein und wischte sich die Stirn mit einem schmutzigen Tuch ab.

«Mein Mann, der lässt mich noch arbeiten, auch wenn er mausetot da unten in seinem Loch liegt.» Sie ächzte.

Ihr langes weißes Haar war zerzaust, und sie hatte jetzt einen dicken schwarzen Streifen auf der Stirn.

«Guck dir an, wie schön er war!»

Sie hielt Alfréd ein Plastikkreuz mit einem Engel darauf hin, der ein gerahmtes Foto in den Händen trug. Er nahm es und betrachtete es genauer. Auf dem Bild runzelte der Mann der Tricot die Stirn und hatte einen dicken Schnurrbart. Ein Auge blickte geradeaus und das andere in Richtung seiner Nase. Alfréd verzog das Gesicht.

«Komm, gib's mir zurück, das verstehste erst später!»

Sie nahm das Kreuz wieder an sich und beschwerte sich, dass es nachts nicht mehr leuchtete.

«Ich hab dir ja gleich gesagt, dass der von seinem Lastwagen nur Ramsch verkauft!», kommentierte Alfred.

Die Tricot zuckte mit den Schultern und putzte weiter den Grabstein mit einem speziellen Mittel, das sogar Granit wieder wie neu aussehen ließ.

Das Essen war eine fröhliche Angelegenheit. Eugène war gut aufgelegt und riss einen Witz nach dem anderen. Alfréd war zufrieden: Hühnchen, Bratkartoffeln und seine ganze Familie zusammen. Das kam seiner Vorstellung von Glück schon sehr nahe. Sie erzählten Geschichten aus der Zeit, als Odette und Agnès noch kleine Mädchen gewesen waren, es wurde viel gelacht, und der Trouspignôle floss in Strömen. Alles war perfekt, bis zu dem Moment ... als Alfréd sein Glas hinhielt, um auch von dem Schnaps zu probieren.

Seine Mutter wollte ihm schon einschenken, als der alte Alfred aufsprang und ihm das Glas aus der Hand riss.

«Niemals», rief er und sah seinem Enkel tief in die Augen.

———

8

Der Trouspignôle is das Getränk der Sieger

Alfréd verschlang ein riesiges Stück Kuchen.

«Langsam, Schätzchen, langsam!», sagte Nénette.

Er lächelte sie an. Alles gut, sie sollte sich keine Sorgen machen. In Wahrheit war aber gar nichts gut. Wenn Alfréd Kummer hatte, dann aß er. Das war das Einzige, was ihn beruhigte. Seit sein Großvater ihm an Allerheiligen offiziell das Trinken verboten hatte, war er trüber Stimmung. Sogar Mademoiselle Morvan hatte es bemerkt. Er quatschte kaum noch mit seinen Tischnachbarn Glenn und Brieuc und lief bei Schulschluss nicht mehr freudig zu Brioche nach draußen.

«He, junger Mann, du bist ja heute nich sehr gesprächig. Was is los?», wollte Nénette dann auch wissen.

Alfréd seufzte. Für gewöhnlich erzählte er ihr alles Mögliche während ihrer gemeinsamen Backstunde, aber heute war ihm nicht danach. Ein Gedanke ließ ihn nicht los: Warum hatte sich sein Großvater so heftig gegen seinen Wunsch Nr. 7 ausgesprochen? Was war so schlimm daran, ein Glas Trouspignôle zu trinken?

Nénette goss einen Eimer Wasser ins Spülbecken, um abzuwaschen. Ihr Haus hatte nie einen richtigen Wasseranschluss bekommen. Deshalb holte sie ihr Wasser nach wie vor aus dem Brunnen am Ende des Gartens, wo seit mehreren Wochen auch ihr totes Pony seine letzte Ruhestätte gefunden hatte. Alfréd wollte sich gerade noch ein Stück Kuchen nehmen, als ein Auto vor dem Haus hielt. Nénette ging zum Küchenfenster und hob den gehäkelten Vorhang. Sie wurde aschfahl.

«Da ist er wieder», flüsterte sie.

«Wer denn?», fragte Alfréd mit vollem Mund.

«Der Mann mit den Löschern.»

«Mit den was?»

Jedes Jahr kam derselbe Vertreter zu Nénette und verkaufte ihr einen Feuerlöscher, den sie nicht brauchte. Und jedes Mal kostete es sie ein halbes Vermögen. Sie hatte inzwischen panische Angst vor diesem Besuch. Es klopfte. Sie strich ihre Schürze glatt und tippelte zur Tür. Bevor sie öffnete, drehte sie sich zu Alfréd um und legte den Zeigefinger auf den Mund: «Psssst!»

«Guten Taaaaaag, liebe Madame Prijean! Wie geht es denn meiner Lieblingskundin?»

Er sprach mit ihr wie mit einer Greisin, die nicht mehr ganz auf der Höhe war. Alfréd fand das traurig. Er schob sich einen großen Löffel Sahne in den Mund.

«Hmmm, wollen Sie mich denn heute gar nicht hereinbitten?»

«Nein.»

Einen Moment lang war es still, dann folgte ein kurzer Wortwechsel, während dessen sich der Ton des Vertreters änderte. Alfréd hörte auf zu essen, um kein Fitzelchen des Gesprächs zu verpassen.

«Kommen Sie, Madame Prijean», sagte er, «seien Sie doch vernünftig. Was ist denn bloß los mit Ihnen? Ich verstehe es nicht, ich muss Ihren Feuerlöscher austauschen, das wissen Sie doch auch.»

«Ich hab Ihnen was mitzuteilen», unterbrach ihn Nénette. «Das können Sie auf Ihr Bestellformular schreiben.»

«Was mitzuteilen?»

«Jetzt nehmen Sie schon Ihren Stift, oder haben Sie das nich verstanden?»

Nénette stand noch immer in der Tür und hatte sich keinen Schritt zur Seite bewegt. Das Klicken vom Öffnen eines Aktenkoffers war zu hören.

«Sind wir so weit?», fragte sie. «Gut, dann bitte schreiben: ‹Kundin war blöd, aber jetzt ist sie's nicht mehr.›»

«Wie ... wie bitte?»

«Sind wir taub, oder machen wir das absichtlich?» Nénette bemühte sich, so laut wie möglich zu sprechen. «Ich habe gesagt, Sie sollen schreiben, dass sie blöd war, es jetzt aber nicht mehr ist!»

Mit diesen Worten schlug sie dem Vertreter die Tür vor der Nase zu. Dann wartete sie einen Moment, bis sie sich zu Alfréd umdrehte, und sah auf einmal zwanzig Jahre jünger aus.

———

Der alte Alfred sah Eugène skeptisch an. Er hatte ihm nicht alles erzählt, das stand fest. Dafür kannte er seinen besten Freund zu gut. Wenn er zu Boden blickte, dann log er.

Er bohrte noch einmal nach: «Also keine Neuigkeiten von der Frau vom Notar? Sie interessiert dich gar nich mehr?»

«Ach, na ja», erwiderte Eugène, ohne ihn anzusehen. Dann drehte er sich zu Tophile: «Bringste uns noch 'ne kleine Karaffe Roten?»

Tophile, der hinter der Bar stand, wirkte niedergeschlagen. Es war der Jahrestag des Todes seines Bruders. November war nicht die beste Zeit für ihn. Die mit einer Lichterkette verzierte Urne am Ende des Tresens war stets poliert. Er staubte sie jeden Morgen ab. An dem Tisch daneben spielten einige Freunde von ihnen Karten. Die Stimmung war angespannt. Albert brüllte: «Herrgott noch mal, Himmel, das darf doch nich wahr sein! Ihr schummelt doch alle!» Er stand auf und warf vor Marcellin die Karten auf den Tisch, der daraufhin bedrohlich mit einer seiner Krücken herumfuchtelte. Die anderen versuchten, die beiden zu beruhigen. Alfred war froh, eine Runde ausgesetzt zu haben.

Die Tür des Bistros wurde geöffnet, und ein großer hagerer Typ trat ein. Schmal geschnittener Anzug, weiße Socken und Mokassins mit Troddeln. Sie beäugten ihn skeptisch. Leute von außerhalb hatte man hier nicht so gern. Es war der Feuerlöschervertreter, der jedes Jahr vorbeikam und versuchte, ihnen seine Ware anzudrehen. Er setzte sich in eine Ecke und verlangte nach einem starken Getränk, «nichts für Weicheier». Tophile stellte eine Flasche Trouspignôle auf den Tresen. Verschwörerische Blicke wurden getauscht. Der Typ kippte sich erst einen, dann einen zweiten und schließlich noch einen dritten hinter die Binde, ohne mit der Wimper zu zucken. Bald war sein Gesicht genauso rot wie das der anderen Gäste, aber er blieb gerade auf seinem Stuhl sitzen.

Die Tricot erhob sich unbeholfen und ging auf ihn zu. Es war 17 Uhr, und sie hatte um 9 Uhr angefangen zu trinken. Vor dem Tisch des Vertreters stolperte sie. Er fing sie gerade noch auf. Der Postbote pfiff. Die Dumpfbacke hatte Reflexe!

«Blöde Stufe», fluchte die Tricot. «Hab ich einfach nich gesehen!»

Dort war gar keine Stufe. Der Typ sagte trotzdem, es sei kein Problem, und fragte, ob sie den Bauern kennen würde, der mit einem Haufen räudiger Hunde auf dem letzten Hof des Dorfes wohnte, noch hinter Le Camboudin. Er meinte natürlich Klumpfuß. Der war ein alter, wortkarger Kerl, der mit einem ganzen Rudel Hunde zusammenlebte, die genauso verkrüppelt waren wie er. Von Geburt an mit einem Klumpfuß gestraft, hinkte er stark. Den Hof verließ er nur sonntags, um Brot zu kaufen. Die Ohren wucherten wie Pilze an einem Baumstamm aus seinem Kopf. Wenn er mit anderen Leuten zu tun hatte, fummelte er sich ständig Hautfetzen von den Ohrläppchen. Er lebte quasi autark, baute sein eigenes Gemüse an und aß Kaninchen und Geflügel, die er selbst hielt. Seit Jahrzehnten hatte niemand seinen Hof betreten.

Alfred wurde hellhörig. Sollte sich dieser Lackaffe in Klumpfuß' Refugium gewagt haben? Er konnte es kaum glauben. Der Typ sah aus wie jemand, der nichts zustande brachte, alles andere als überzeugend. Man brauchte ihn nur anzusehen, um zu wissen, dass er niemals erfolgreichster Vertreter des Monats wurde. Alles an ihm war weich und formlos: sein Kinn, seine Schultern, die Mokassins. Er begann, den Hof zu beschreiben, der eine einzige Müllhalde sei: Benzinfässer, verschiedenster Metallschrott, Betonsteine, rostige Werkzeuge und sogar mehrere alte Bidets. Im Haus – wenn man es überhaupt so nennen könne – stinke es nach Urin, und überall streunten Hunde herum. Fast sei er mitten in der Küche in ein riesiges Loch gefallen. Der Raum sei von oben bis unten einfach nur eklig und schmutzig, und eine zahme Ente kacke ungestört auf den Tisch.

Alle hörten ihm zu. Sogar Félicien, der auf die Geschichten anderer normalerweise nicht besonders erpicht war. Dieser schmierige, weiche Typ hatte ein großes Mundwerk. Während er weiter mit gierigen Schlucken trank, fuhr er fort: «Als ich seinen Kühlschrank geöffnet hab – denn, ja, auch wenn ihr's nicht glaubt, ich verkaufe seit achtzehn Jahren Kühlschränke *und* Feuerlöscher –, da hätte ich mir fast das Kalbsbries auf die Schuhe gekotzt! Ich habe so was noch nie gesehen: grüner Pelz überall. Ich schwöre, der hat sich schon in den Kunststoff gefressen!»

Er machte es sich bequem (ein bisschen zu sehr).

«Es ist mir ein Rätsel, wie man in so einem Saustall leben kann. So was bringt nur ein dummer Bauer fertig! Und als wär das noch nicht genug, hat mich heute nicht einmal die alte Prijean reingelassen! Normalerweise macht die nie Schwierigkeiten, ich bequatsch sie ein bisschen, und dann zahlt sie. Aber ich weiß nicht, was sie geritten hat, heute hat sie mir einfach die Nase vor der Tür zugeschlagen ...»

Er gestikulierte wie ein Hampelmann, was ihn ziemlich dämlich aussehen ließ.

«Was ist diesmal eigentlich los? Und dann diese Schrottkarren, mit denen ihr hier unterwegs seid. Ich würde echt gern mal wissen, wo ihr den Führerschein gemacht habt? Hat euch nie jemand beigebracht, wie man in den zweiten Gang schaltet? Vorsichtig fahren, ja, verdammt! Aber ihr fahrt nicht schneller als zwei Stundenkilometer mit euren dämlichen Schiffermützen auf dem Kopf und den versoffenen Visagen. Man könnte meinen, ihr macht das absichtlich, um die anderen zu nerven. Auf jeden Fall – ihr versteht echt gar nix! Ein Haufen Schwachköpfe seid ihr! Ihr solltet noch mal die Schulbank drücken, und zwar eher heut als morgen! Ihr seid doch alles nur Saufköppe! Das müsst ihr im Blut haben, anders kann's gar nicht sein!»

Er hob sein leeres Glas über den Kopf: «Prost! Auf euch, Jungs!»

Sie schleppten ihn zum Ausnüchtern nach draußen. Der Vertreter erbrach sich auf seine Mokassins. Als er seinen Wagen startete, fuhr er sich im Matsch fest. Der Trouspignôle war gnadenlos.

———

«Der Trouspignôle is das Getränk der Sieger!», sagte der alte Alfred immer. Wenn er das wirklich meinte, warum wollte er dann nicht, dass sein Enkel auch nur ein winziges bisschen davon probierte? Das war ungerecht. Nur weil er ein Kind war! Alfréd blickte auf die Uhr: schon 10! Sie mussten dringend los. Er sprang auf, lief zum Badezimmer und klopfte an die Tür.

«Mama? Maaama?»

«Was is denn jetzt wieder los?», motzte sie und öffnete die Tür einen Spaltbreit.

Kurz vergaß er, weshalb er gekommen war, denn die Haare seiner Mutter waren mit einer dicken Paste oben auf ihrem Kopf festgeklebt, die an trockene Kuhfladen erinnerte.

«Ich ... ich wollte fragen, ob du fertig bist, um ... zum Lastwagen zu gehen ... aber ...»

«Siehste doch, bin ich nich!», keifte sie und kehrte zum Waschbecken zurück.

Alfréd blieb unentschlossen auf der Türschwelle stehen. Wenn sie nicht langsam losgingen, verpassten sie die guten Angebote. Wenn er sie aber hetzte, würde seine Mutter noch wütender werden. Er hatte keine Wahl, er musste sich gedulden ... Seit zwei Wochen schon wartete er sehnsüchtig auf den Lastwagen. Den Katalog, der mit der Post gekommen war, hatte er von vorne bis hinten durchgearbeitet und kannte ihn fast auswendig. Er hatte drei gute Weihnachtsgeschenke darin gefunden, die seine eher schmale Geldbörse nicht allzu sehr belasteten: eins für seine Mutter, eins für seinen Großvater und eins für Nénette.

Er beobachtete Agnès, die übers Waschbecken gebeugt Mühe hatte, sich den Kopf abzuwaschen. Das Zeug war mittlerweile überall. Er musste an seinen Wunsch Nr. 8 denken: Ein Rendezvous mit Monsieur Ducos für sie zu vereinbaren, würde alles andere als leicht werden. Wenn er es sich genau überlegte, war er nicht einmal sicher, ob Agnès die Sorte Frau war, die Monsieur Ducos mochte. Einmal hatte er ihn sagen hören, dass man mit Blondinen am besten fuhr. Seine Mutter war eher braun-grau ...

Alfréd entfernte sich vom Bad und ging hinunter ins Wohnzimmer, wo er sich auf die Couch fallen ließ. Vor ihm auf dem niedrigen Tisch standen ein voller Aschenbecher und eine leere Weinflasche. Er war nicht dumm und wusste genau, dass dies der Grund war, weshalb er nicht von dem Trouspignôle probieren sollte. Aber es war doch nicht seine Schuld, dass seine Mutter zu viel trank und dann immer Mist erzählte.

Wenn sie total blau war, fing sie manchmal an, von seinem Vater zu sprechen. Nachfragen durfte Alfréd allerdings nicht (obwohl ihm alles Mögliche unter den Nägeln brannte), weil sie das sofort wütend machte. Eigentlich wusste er fast gar nichts. Nur dass sein Vater ein erbärmlicher Strunt* war, der sie beide vor seiner Geburt verlassen hatte. Alfréd wusste nicht einmal, wie er hieß. Manchmal weinte Agnès abends und bat ihn um Verzeihung für das ganze Chaos. Dann nahm sie ihn in den Arm und drückte ihn. In den Momenten hoffte Alfréd ganz stark, dass sie aufhören würde zu trinken.

«Also, geh'n wir nun oder will der werte Herr lieber den ganzen Tag auf'm Sofa rumhängen?»

Alfréd fuhr zusammen. Seine Mutter stand direkt vor ihm. Sie hatte sich einen roten Wollpulli angezogen und sich ihren Zahn ins Gebiss geklebt. Noch erstaunlicher aber war, dass sie blondes Haar hatte! Stellenweise zumindest. Anscheinend hatte die Farbe nicht überall gehalten. Alfréd war sich nicht sicher, ob er es schön fand, aber das war nicht wichtig, entscheidend war, dass es Monsieur Ducos gefiel!

―――

«Is noch verdammt frisch für die Jahreszeit», stellte Eugène fest und rieb sich die Hände.

«Fehlt nur noch, dass es anfängt zu schneien!», erwiderte der alte Alfred.

Das war verdächtig. Eugène und Alfred unterhielten sich *nie* übers Wetter. Es war ungeschriebenes Gesetz, dass sie das den Frauen überließen. Wenn sie es heute dennoch taten, lag das am Lastwagen. Der Kerl aus der Gascogne war wieder da, und sie taten alles, um nicht darüber reden zu müssen. Seite an Seite standen sie am Straßenrand und blickten gen Himmel wie zwei Idioten.

Wenige Minuten zuvor waren sie sich zufällig begegnet. Eugène war auf dem Moped unterwegs zum Lastwagen. Mit dem Katalog unter dem Arm hatte er gerade beschleunigen wollen, als er Alfred auf der anderen Seite entdeckt hatte. So zu tun, als hätte er ihn nicht gesehen, war unmöglich. Er war also stehen geblieben in der Hoffnung, sein bester

Freund würde nicht versuchen, ihn davon abzubringen, dorthin zu fahren. Nachdem sie ihre meteorologischen Betrachtungen beendet hatten, schwiegen sie und schauten Löcher in die Luft. Plötzlich kam Ambroises Ente um die Kurve geschossen, und ihnen blieb kaum Zeit zurückzuweichen, als er auch schon an ihnen vorbeibretterte – und zwar so dicht, dass er den Rückspiegel des Mopeds abrasierte. Eugène brüllte ihm nach, aber taub, wie er war, hörte Ambroise ihn nicht. Wahrscheinlich hatte er sie auch gar nicht gesehen, so tief, wie er sich seine Schiffermütze in die Stirn gezogen hatte. Eugène wurde dunkelrot im Gesicht. Sein Feuerstuhl war ihm heilig. Er stieg auf.

«Dem tu ich jetzt erst mal verklickern, wo der Hammer hängt!»

Er zog den Riemen seines zu kleinen Helms fest und nahm die Verfolgung auf.

Kopfschüttelnd sah Alfred ihm nach. Er wusste genau, wohin sie alle unterwegs waren. Da brauchte man nicht um den heißen Brei herumreden. Als er zu Hause ankam, saß dort sein Enkel mit hängendem Kopf vor der Tür. Brioche lag neben ihm. Er merkte sofort, dass etwas nicht in Ordnung war. Ohne Fragen zu stellen, nahm er ihn mit hinein. Der Hund erhob sich ebenfalls und folgte ihnen. Er hatte etwas zwischen den Zähnen.

«Moment, warte mal! Was is das denn?», fragte Alfred und näherte sich dem Hund.

«Sein neues Liegekissen», antwortete sein Enkel.

Der Alte beugte sich vor.

«Himmel, Arsch und Zwirn, das is ja ekelhaft!», fluchte er und hob das stinkende, steife Etwas hoch.

«Träum ich, oder was? Das is ein Huhn!», rief er und trat

mit seinen Klettverschlussschuhen nach Brioche, um ihn aus dem Haus zu jagen. Der Hund verschwand bereitwillig mit dem plattgedrückten vertrockneten Huhn zwischen den Zähnen.

«Mama hat genauso reagiert wie du und uns rausgeworfen», sagte Alfréd.

«Und darum biste so traurig, mein Jung? Sie war doch schon ohne das Ding nich gerade verrückt nach Brioche.»

Der Kleene zuckte mit den Schultern. Alfred setzte ihn auf die Küchenbank und machte ihm einen heißen Kakao und Marmeladenbrote. Er verschlang den Imbiss, ohne mit der Wimper zu zucken.

«Geht's dir jetzt besser?», fragte sein Großvater.

Der Junge nickte, hatte aber nach wie vor Tränen in den Augen. Der Alte suchte nach den richtigen Worten, doch ihm wollte einfach nichts einfallen. Irgendwelchen Stuss von sich geben, darin war er Meister, aber wenn es ernst wurde, wusste er nicht weiter.

Nach einer Weile fing Alfréd von selbst an zu erzählen, was ihn bedrückte. Es ging um Agnès und seinen Wunsch Nr. 8. Am Morgen beim Lastwagen war es nicht gut gelaufen. Agnès hatte sich danebenbenommen. Lautstark hatte sie eine andere Kundin angemotzt, die ihr angeblich auf die Füße getreten war. Monsieur Ducos war dazwischengegangen. Der Ton war schnell hitzig geworden, und Agnès hatte angefangen, auch ihn zu beleidigen. Sie hatte ihn einen beschissenen Quacksalber genannt, der sich lieber um seinen eigenen Kram kümmern solle, als sich in anderer Leute Angelegenheiten einzumischen. Das hatte Monsieur Ducos nun natürlich überhaupt nicht gefallen. Er hatte zu ihr gesagt, sie solle sich verziehen. Solche Kundinnen könne er nicht gebrauchen. Agnès hatte daraufhin einen Riesenaufstand gemacht und war abgedampft, ohne irgendetwas zu kaufen. Zum Glück hatte Alfréd seine Besorgungen für Weihnachten zu dem Zeitpunkt bereits erledigt.

Zu Hause hatte Agnès dann sofort eine Flasche Rotwein geöffnet und über die Männer geschimpft, die alle scheiße seien, und Ducos wäre da keine Ausnahme. Das solle Alfréd sich besser merken, wenn er nicht auch so werden wolle ...

«Ich will doch nur, dass wir eine normale Familie sind», schluchzte er. «Was stimmt denn bei uns nicht, Opa?»

Der Alte ließ sich einen Moment mit der Antwort Zeit. Seine Tochter war vollkommen von der Rolle. Der Junge würde auf Dauer daran kaputtgehen, wenn sie ihm weiter so einen Mist erzählte.

Er zog die Nase hoch.

«Hör zu, Kleener. Ich glaub, wir müssen mal 'n Gespräch unter Männern führ'n. Du bist jetzt alt genug dafür.»

Also erzählte er seinem Enkel, was der schon seit langem über seinen Vater hätte wissen sollen. Er hieß Rémi. Er war kein schlechter Kerl. Er arbeitete hart und war nett zu Agnès gewesen. Der Alte mochte ihn. Aber in der Familie wurde seit Generationen viel gepichelt, und Agnès hatte es im Blut. Der Tod ihrer Mutter war dabei nicht förderlich gewesen. Am Anfang hatte sie sich vor Rémi noch zusammengerissen, aber nach der Hochzeit hatte sie sich verändert, was ihm natürlich nicht entgangen war. Sie hatte ein Alkoholproblem, und daran konnte auch kein noch so guter Vorsatz etwas ändern.

Als sie dann schwanger wurde, hatte Rémi sie gewarnt. Wenn sie für das Baby nicht aufhören würde zu trinken, wäre er weg. Eines Morgens war Rémis Chef zu Alfred gekommen. Sein Schwiegersohn sei seit zwei Tagen nicht in der Autowerkstatt zur Arbeit erschienen. Alfred war sofort zu seiner Tochter gelaufen. Sie hatte mit ihrem dicken Bauch auf dem Sofa gelegen, überall Erbrochenes und zwei Flaschen Rotwein auf dem Boden. Rémi war fort.

Seit dem Tag hatte Alfred die Dinge in die Hand genommen. Er hatte sich verantwortlich gefühlt und beschlossen, alles zu tun, damit der Junge nicht den gleichen Weg einschlug. Als Alfréd geboren wurde, genau an seinem sechzigsten Geburtstag, hatte er sich dann geschworen, dass der Kleene kein verdammter Saufbold würde.

«So, mein Lieber, jetzt weißte alles. Darum will ich nich, dass du von dem Trouspignôle probierst. Verstehste das jetzt?»

Alfréd nickte. Seine Tränen waren getrocknet. Er war komplett benommen von dem, was er gerade gehört hatte. Leiser fügte der Alte noch hinzu: «Und unter uns gesagt, kann ich dir den Trouspignôle auch gar nich empfehlen. Das Zeug schmeckt abartig. Sogar der, den ich selbst mache!»

Alfréd blieb über Nacht bei seinem Großvater auf dem Hof. Brioche wachte an seiner Seite – natürlich auf dem platten Huhn. Der alte Alfred fühlte sich leer, war aber froh, seinem Enkel alles erzählt zu haben. Am frühen Abend hatte er seine Tochter angerufen, um ihr zu sagen, dass der Junge heute bei ihm übernachtete. Sie hatte wieder getrunken, das konnte er hören. Er musste unbedingt ein ernsthaftes Wort mit ihr reden. So konnte es nicht weitergehen – der Junge war älter geworden und bekam jetzt alles mit. Alfred gähnte. Die Zeiger der großen Uhr standen auf 11, es war höchste Zeit, sich aufs Ohr zu legen.

Er war gerade dabei, sich auszuziehen, als das Telefon klingelte. In langer Unterhose und Unterhemd nahm er den Hörer ab. Es war Odette. Sie weinte. Er verstand sie nicht sehr gut – wie immer redete sie zu schnell, und außerdem funktionierte sein rechtes Ohr immer schlechter, aber das Wesentliche begriff er: Ihr Kerl hatte sie wegen einer Jüngeren sitzenlassen. Odette war am Boden zerstört. Sie meinte, das Leben sei ungerecht und dass es in ihrem Alter doch eh keinen Zweck mehr hätte, dass sie sicher als alte Jungfer mit einem Haufen Katzen in einer kleinen Vorstadtwohnung enden würde. Bevor sie auflegte, erwähnte sie noch, dass sie über die Feiertage nach Le Camboudin käme.

Alfred blieb eine Weile nachdenklich mit dem Hörer in der Hand neben dem Telefon sitzen. Er konnte es gar nicht fassen. Seit Madeleines Tod hatten sie nicht ein einziges Mal alle zusammen Weihnachten gefeiert...

―

9

Nie alle Wünsche
auf eine Karte setzen

Lebensweisheit Nr. 23: «Nie alle Wünsche auf eine Karte setzen». Alfréd unterstrich den Satz mit dem Lineal.

Das Gespräch mit seinem Großvater hatte ihm sehr geholfen. Er hatte viel Neues über seine Familie erfahren, besonders was seine Eltern anging. Angefangen mit dem Vornamen seines Vaters: Rémi ... Der Name klang gut, fand er. «Ein feiner Kerl, der keiner Fliege etwas zuleide tun konnte.» Das hatte sein Großvater über ihn gesagt. Ein Foto hatte er ihm nicht gezeigt, aber seine Mutter hatte sicher irgendwo eins. Vielleicht sah er ihm ähnlich? Ob er wohl immer noch in einer Autowerkstatt arbeitete? Wo lebte er? Er hatte noch so viele Fragen.

Was seine Mutter betraf, sahen die Dinge weniger rosig aus. Sie war weder bereit, sich zu ändern, noch, mit dem Trinken aufzuhören. Glücklicherweise hatte er seinen Opa, der mal wieder ganz toll zu ihm gewesen war. Auf seinen Rat hin hatte er beschlossen, bis zum nächsten Jahr nicht mehr an seine Liste der Wünsche zu denken. Sie hatte ihm in letzter Zeit zu viel Kummer bereitet. Immerhin hatte er schon fünf von zehn Wünschen in die Tat umgesetzt, was doch kein allzu schlechter Schnitt war.

Über die bevorstehenden Weihnachtsferien war er nicht

unglücklich. In der Zeit würde er ein wenig verschnaufen können. Am Abend fand noch die große Feier zum Ende des Schuljahres im Gemeindesaal statt. Besonders freute er sich schon auf den Weihnachtsmann (auch wenn er schon lange nicht mehr an ihn glaubte). Er überlegte, wer sich wohl dieses Mal das Kostüm überziehen würde. Letztes Jahr war es Félicien gewesen. Alle hatten ihn erkannt, weil er Sachen auf Latein gesagt hatte, um besonders schlau zu klingen. In der Ferne hörte Alfréd Joson Corrigous Jagdhorn. Anscheinend war Pflaume mal wieder zu einer kleinen Tour aufgebrochen.

———

Vor dem Hof hupte mehrfach jemand. Der alte Alfred betätigte die Klospülung, setzte sich seinen Cowboyhut wieder auf und ging hinaus. Agnès und der Junge waren schon vorausgefahren, um die Tische herzurichten; deshalb nahmen ihn Albert und seine Frau mit zu der Feier. Er setzte sich neben Joly Laryday auf die abgewetzte Rückbank des R5. Der Hund lag auf seiner karierten Decke und fletschte die Zähne – nicht gerade ein freundlicher Willkommensgruß. Johnny Hallyday schmetterte derweil laut «Oh! Ma Jolie Sarah» aus dem Kassettenrecorder. Albert gab ordentlich Gas, ehe er den ersten Gang einlegte. Streng genommen brachte das gar nichts, auch wenn er behauptete, er würde damit den Motor aufwärmen (wahrscheinlich hatte er es bei der Übertragung des Grand Prix im Fernsehen gesehen).

Auf dem Parkplatz trafen sie Victoire und ihre Tochter. Victoire trug ein schönes grünes Kleid. Alfred fand, dass sie sehr gut aussah – im Gegensatz zu Alberts Frau, die stämmig und gedrungen war. Früher war sie von allen «Gnom» genannt worden, vielleicht weil sie einen so großen Kopf und so kurze Arme hatte. Obwohl sie gar nicht kleinwüchsig war, hatte sie etwas Zwergenhaftes an sich. Gern hätte er Victoire ein Kompliment gemacht, nur fiel ihm leider nichts Brauchbares ein. Blöder Strohschädel! Manchmal würde er ihn wirklich gern austauschen. Er musste aufpassen, sonst zählte er tatsächlich bald zum alten Eisen! Die Frauen hatten angefangen, den neuesten Klatsch und Tratsch auszutauschen, als sich Albert laut räusperte. Joly Laryday knurrte.

«Was hast du denn jetzt schon wieder?», fragte seine Frau.

«Nichts, gar nichts», erwiderte Albert.

Die Frauen redeten weiter, und er räusperte sich erneut.

«Was ist los?», wollte daraufhin auch Alfred wissen, und Albert deutete auf seinen Hosenschlitz. Alfred senkte den Kopf, aber es war schon zu spät. Alle Blicke waren auf seinen Schritt gerichtet. In der Eile des Aufbruchs hatte er vergessen, den Hosenstall zuzuziehen. Er errötete wie ein junges Mädchen. Victoire fing schallend an zu lachen.

«Mit so was woll'n wir aber gar nich erst anfangen, nich wahr, mein lieber Alfred?», rief sie neckend.

Ihre Tochter sah sie missbilligend an.

«Was is denn, meine Große, haste noch nie 'nen Zebedäus gesehen? Dann wird's aber höchste Zeit!», rief Victoire schmunzelnd.

Im Gemeindesaal war es sehr warm. Die Kinder tobten um die Bierbänke herum. Es roch nach Kalbshaxe, verbranntem Kuchen und Kaffee. Der alte Alfred entdeckte seinen Enkel, der in der Nähe mit seinen Freunden spielte. Ihn so zu erleben, beruhigte ihn, insbesondere nach dem Gespräch neulich. Er hoffte, dass er nicht zu weit gegangen war. Es war das erste Mal, dass sie über Rémi gesprochen hatten. Offenbar hatte der Junge es gut verkraftet. Auf jeden Fall hatte es ihn davon abgebracht, Trouspignôle trinken zu wollen, und das war schon mal nicht schlecht.

Er hielt nach Agnès Ausschau. Ein Gespräch mit ihr war überfällig, aber das stand auf einem anderen Blatt. Er hatte ihr auch noch gar nicht mitgeteilt, dass ihre Schwester an Weihnachten kommen wollte ... Was für ein Durcheinander!

«Da is ja der Cowboy aus Le Camboudin!», rief Marcellin. Seine Kumpane waren bereits alle da. Sie hoben ihre Gläser, um den Neuankömmling zu begrüßen. Alfred rückte Victoires Stuhl ein wenig zur Seite und schob seinen daneben. Eugène, der ihnen gegenübersaß, schien mit den Gedanken schon wieder woanders zu sein. Alfred verstand schnell, warum: Zwei Tische weiter gab die Frau des Notars ihrem Sprössling gerade die Flasche. Mit ihrem schön frisierten roten Haar und dem dunkelblauen Kostüm sah sie aus wie eine Präsidentengattin. Armer Gégène! Er hatte schon wieder eindeutig zu viel getrunken! Verliebt zu sein, bekam ihm ganz offensichtlich gar nicht. Beim Dessert erhob er sich und verkündete mit feierlicher Miene: «Nun kommt mein Auftritt.»

―――

Um den Tannenbaum herum wurde freudig gejuchzt. Der Weihnachtsmann war da! Alfréd musterte ihn eingehend. Er hatte eine große rote und dellige Nase. Eindeutig Eugènes. Die Jüngeren scharten sich um ihn und begannen, an seinem Mantel zu zerren. Da er nicht besonders standfest war, hatte man ihm einen Stuhl hingestellt, der wie ein Thron aussah. Er war golden angemalt und wog sicher eine Tonne. Man setzte den Weihnachtsmann darauf, und die Fotostunde wurde eröffnet.

Alfréd war zu alt, um mitzumachen, aber ein kleines bisschen neidisch auf die Jüngeren war er doch. Brav stellten sich die Kinder in die Schlange. Einige hatten ein wenig Angst, das sah man ihnen an, andere machten sich über die dicke rote Nase des Weihnachtsmanns lustig. Beim Fotografieren schauten alle ernst. Und sie mussten dem Weihnachtsmann ihre Wünsche mehrfach ins Ohr sagen, weil er offensichtlich nicht sehr gut hörte.

Gegen Ende der Fotostunde bemerkte Alfréd eine kleine Gruppe vor dem Podest. Mittendrin befand sich die Frau des Notars mit ihrem Baby. Sie wirkte angespannt. Mehrere Leute schoben sie in Richtung des Throns. Auch sein Großvater war mit von der Partie.

«Das ist doch eine schöne Erinnerung für später», sagte jemand.

Die Frau des Notars schüttelte energisch ihre steife Hochfrisur. «Nein danke, wirklich nicht.» Aber es war zwecklos. Gegen ein Foto mit dem Weihnachtsmann konnte man sich in Saint-Ruffiac nicht wehren. Als Eugène die Gruppe auf sich zukommen sah, nahm er Habachtstellung ein.

«Ich bitte Sie, bleiben Sie sitzen, Monsieur ... Weihnachtsmann», stammelte die Frau des Notars.

Alfréd beobachtete, wie sie ihr Baby Eugène hinhielt und dann einen Schritt zurücktrat, damit der Fotograf seine Arbeit machen konnte. Das Baby, das gerade sechs Monate alt geworden war – obwohl man es leicht für doppelt so alt hätte halten können, so kräftig, wie es war –, nutzte die Gelegenheit und griff mit beiden Händen nach Eugènes Erdbeernase. Dann öffnete es den Mund und begann, eifrig daran zu saugen. Die Frau des Notars fing an zu kreischen und hechtete vor, um dem Weihnachtsmann ihr Kind zu entreißen. Danach rief sie nach Wasser, um den Mund des Kleinen auszuspülen, der angefangen hatte, zu quieken wie ein Ferkel. Wie der Zufall es wollte, standen auf den Tischen nur noch Krüge mit Rotwein.

Gern hätte Alfréd gelacht wie alle anderen auch, aber Eugène tat ihm leid. Er hatte sich in seinem goldenen Thron zurückgesetzt und wischte sich langsam mit einem karierten Taschentuch die Spucke von der glänzenden Nase.

———

Hatschi! Der alte Alfred wühlte in seinen Taschen, fand aber natürlich kein Taschentuch. Er nieste bereits zum dritten Mal. Wahrscheinlich hatte er sich erkältet. Er wartete nun schon seit einer Dreiviertelstunde an der Bushaltestelle auf Odette. Und es war rattig kalt. Heute wäre es wirklich angebracht gewesen, seinen Cowboyhut gegen eine Wollmütze einzutauschen. Der Himmel war grau und wolkenverhangen. Wenn es so weiterging, bekam der Junge doch noch seine weißen Weihnachten!

Er begann zu zweifeln: Hatte er sich vielleicht im Datum geirrt? Seit dem spätabendlichen Anruf vor einigen Tagen hatte er nichts mehr von Odette gehört. Vielleicht hatte er sie falsch verstanden? Er wusste nicht, in welchem Zustand sich seine Tochter befand. Aber er war sich sicher, dass sie sich schnell erholen würde. Sie war zäh, genau wie

Madeleine es gewesen war. Und genau wie ihrer Mutter fiel es ihr schwer, Le Camboudin zu ertragen. Nach einigen Tagen würde es wieder so weit sein.

In der Ferne hörte er ein Motorengeräusch. Endlich kam der Bus. Er blieb direkt vor ihm stehen. Die Türen öffneten sich.

«Himmel, Arsch und Zwirn!», fluchte Alfred, als er seine Tochter sah. Sie hatte drei riesige Koffer bei sich.

«Was ist? Freust du dich nicht, mich zu sehen?», fragte sie.

«Doch, doch, es is nur...»

«Was?»

Alfred war schwer gereizt. Nicht nur hatte er nicht damit gerechnet, dass seine ältere Tochter dauerhaft nach Hause zurückkehren würde, auch hatte er seiner jüngeren Tochter noch immer nicht Bescheid gesagt, dass sie überhaupt käme. Wohl, weil er keine Lust darauf gehabt hatte, dass sie schon wieder eine Szene machte. Nun blieb ihm allerdings nicht mehr viel anderes übrig...

Sie machten sich auf den Weg. Der Wind blies ihnen voll ins Gesicht, und sie brauchten eine gute halbe Stunde, bis sie auf dem Hof ankamen. Normalerweise hätte Odette gemeckert und sich beschwert, dass ihre Schwester sie nicht mit dem Auto abholte. Doch heute verhielt sie sich auffällig still. Offenbar war sie wirklich fertig mit den Nerven. Brioche wartete brav vor der Tür auf sie, und als sie ihn sahen, fielen die ersten Schneeflocken auf seine Schnauze. Sie beeilten sich, ins Warme zu kommen.

Im ersten Moment war es Alfred vor lauter Aufregung gar nicht aufgefallen, aber jetzt, als sie in seiner Küche saß, erkannte er, in welchem erbärmlichen Zustand Odette sich befand. Sie sah schrecklich aus und war weder geschminkt noch ordentlich frisiert.

«Du bist ja ziemlich fit», sagte sie zu ihm.

«Joo», antwortete er, «daran ist der Kleene schuld! Wegen ihm muss ich in Form bleiben, ob ich will oder nich.»

Zum ersten Mal, seit sie angekommen war, lächelte Odette. Sie vergötterte Alfréd.

«Wir gehen aber erst morgen zu ihnen, oder?», fragte sie. «Heute bin ich zu müde.»

Der Alte nickte. Wann hatte sie zum letzten Mal auf dem Hof übernachtet?

«Das müsste neun Jahre her sein», sagte sie, als könnte sie seine Gedanken lesen.

Er hatte ihr das alte Bett in dem blauen Zimmer bezogen. Die geblümte Bettwäsche roch ein bisschen muffig, aber als sie sich auf die Wollhaarmatratze legte und sich zwischen den Laken einkuschelte, war es sehr gemütlich. Alfred war auf der Türschwelle stehen geblieben. Es war seltsam, sie dort zu sehen.

«Geht schon, Papa...», sagte sie. «Danke.»

———

Es war noch früh am Morgen, besonders, da doch Ferien waren, aber Alfréd hielt es im Bett nicht mehr aus. Beim Aufwachen hatte er es sofort gespürt: Irgendetwas war in der Nacht passiert. Und sein Gefühl hatte ihn nicht getäuscht. Als er die Vorhänge zurückzog, sah er, dass Le Camboudin unter einer weißen Decke lag. Er stieß einen Freudenschrei aus. Wie lange hatte er darauf gewartet! Er rannte die Treppe hinab, um seiner Mutter davon zu erzählen, die natürlich noch geschlafen hatte. Sie schien nicht besonders beeindruckt zu sein. Schnell aß er etwas zum Frühstück und zog sich was Warmes über. Bevor er das Haus verließ, rief er in Richtung seiner Mutter: «Ich gehe mit Brioche spielen.»

Aber sie war schon wieder eingeschlafen.

Bei seinem Großvater ließ er sich selbst ein. Der Alte schloss nie ab. Brioche sprang an ihm hoch und leckte ihm die Marmelade vom Mund. Nachdem sie einen Moment lang miteinander getobt hatten, rief Alfréd nach seinem Großvater. Keine Antwort. Aber er wusste ja, dass er immer schlechter hörte. Dann entdeckte er einen Zettel auf dem Tisch, auf dem stand:

Bin frisches Brot fürs Frühstück holen.
Fühl dich wie zu Hause.

Für wen war diese Nachricht? Für ihn bestimmt nicht. Die Neugier siegte über die Freude am Schnee. Er zog sich Jacke und Handschuhe aus und beschloss, der Sache nachzugehen. Zuerst betrat er den Wohnraum und blieb vor dem Schreibtisch seines Großvaters stehen. Auf dem kleinen Tisch, der zwischen Anrichte und Schornstein eingeklemmt war, stapelte sich der Papierkram. Darüber hing ein sechs Jahre alter Kalender. Die Farben waren verblasst, aber die Zahlen und das Logo der Bank «Crédit Agricole» waren noch zu erkennen. Außerdem entdeckte Alfréd dort eine Zeichnung von einem Flugzeug, die er sehr gelungen fand. Er steckte sie sich in die Tasche und setzte seine Suche im Badezimmer fort. Brioche folgte ihm als guter Hund schnuppernd überallhin. Das Apothekenschränkchen stand offen. Da es schief an der Wand befestigt war, hatten sich alle Medikamente auf einer Seite gesammelt. Zwischen Säften und Tabletten lag ein altes Stück Dauerwurst. Doch ansonsten war auch hier nichts Außergewöhnliches zu sehen. Ein wenig enttäuscht zuckte er mit den Schultern.

Während Alfréd damit beschäftigt war, eine Zahnbürste zu untersuchen, die aussah, als würde sie aus dem Mittelalter stammen, hörte er Brioche im Flur scharren. Der Hund hockte vor der geschlossenen Tür des blauen Zimmers. Alfréds Herz begann, schneller zu schlagen. Und wenn sich dort jemand versteckte? Er fragte sich, ob es nicht besser wäre, seiner Mutter Bescheid zu sagen. Aber Agnès würde für so etwas sicher nicht aufstehen. Er nahm all seinen Mut zusammen und klopfte. Nichts. Er legte die Hand auf die Klinke. In dem Moment war ein Brummen aus dem Raum zu hören. Alfréd stieß einen Schrei aus und gab gemeinsam mit Brioche Fersengeld.

―

«Hilfe! Hilfe!», rief Odette und lief um den Tisch. Sie imitierte damit Alfréd, der, den Pullover falsch herum angezogen, polternd den Flur hinuntergehastet war.

Sie fingen an zu lachen. Die Geschichte mit dem Monster im blauen Zimmer würde in die Annalen der Familie eingehen. Sie saßen gemeinsam zum Weihnachtsessen am Tisch. Von der großen Pute war nicht mehr viel übrig. Die Platte war leer, und die Knochen glänzten auf den Tellern. Was für ein Festschmaus! Agnès war wirklich eine gute Köchin. Alfred tauschte einen verschwörerischen Blick mit seinem Enkel. Es würde nicht mehr lange dauern, bis die herrlich cremige Kuchenrolle, die *bûche au chocolat* serviert würde.

Der Alte war glücklich wie ein Buddha. Zu erleben, wie seine beiden Töchter und sein Kleener gemeinsam Weihnachten feierten, war das schönste Geschenk, das er sich vorstellen konnte. Agnès war mit dem überraschenden Erscheinen ihrer Schwester letztlich gut umgegangen. Und Odette hatte schon wieder mehr Farbe im Gesicht (auch wenn der Wein wahrscheinlich einen ordentlichen Anteil daran hatte). Sie schlief jede Nacht zwölf Stunden in dem blauen Zimmer, als hätte sie seit Jahren kein Auge mehr zugetan.

Um Mitternacht versammelten sie sich alle um den Baum. Auch Brioche durfte mit nach drinnen unter der Bedingung, dass er sein plattes Huhn draußen ließ (das er normalerweise noch immer überallhin mitschleppte). Alfréd sahnte richtig ab. Mehr als sonst. Aber das war nur gerecht, letztlich war er der Grund dafür, dass diese Familie doch einigermaßen funktionierte. Der alte Alfred hatte ihm ein Flugzeug aus Holz gebaut. Und nicht irgendeins! Einen Doppeldecker mit einem Propeller vorn, der sich schneller drehte als der Wetterhahn auf der Kirche. Das verdammte Ding hatte ihn zwischendurch ganz schön Nerven gekostet, und nicht wenige «Himmel, Arsch und Zwirn»-Flüche waren in den letzten Wochen durch seine Werkstatt geschallt. Aber er hatte nicht aufgegeben. Als Tischler sollte er so was immerhin können! Die Maschine konnte sogar rollen, bevor sie abhob. Zum Schluss hatte er das Holz noch lackiert (er hatte Buche verwendet), weil er meinte, es wäre besser, falls der Kleene damit im Regen spielen wollte. Der Junge freute sich wie verrückt.

Alfréd verteilte ebenfalls Geschenke, auf die er sehr stolz war. Bei Odette entschuldigte er sich, weil er nicht damit gerechnet hatte, dass sie da wäre. Er hatte ihr aber in letzter Sekunde schnell eine Schmuckschatulle aus einer Käseschachtel gebastelt, die noch ein wenig danach roch. Für seine Mutter hatte er ein hübsches silbernes Gliederarmband gekauft. Er erklärte ihr, dass es Magneten habe, die beruhigend und sogar schlaffördernd wirkten und die Energien im Körper wieder ins Gleichgewicht brachten. Das habe Monsieur Ducos ihm so erklärt. Auch wenn der in diesem Haus nicht besonders gut angesehen war, verkniff man sich jeglichen Kommentar. Niemand wollte die gute Stimmung kaputt machen.

Als sich Odette und Agnès in der Küche um den Nachtisch kümmerten, nutzte der Junge die Gelegenheit, um seinen Großvater zu beschenken. Für ihn hatte er sogar zwei Päckchen: ein kleines und ein mittelkleines.

«Nun mach schon auf!»

Seine Augen glänzten vor Aufregung.

«Welches zuerst?», fragte der Alte.

«Kannst du dir aussuchen.»

Alfred nahm das kleinere.

«Ah nee, nimm lieber doch das andere, das macht mehr her.»

Der Alte legte das erste Päckchen ab und machte sich daran, die Verpackung des zweiten aufzureißen. Er runzelte die Stirn.

«Du wirst sehen! Es ist genial!», rief Alfréd freudig gespannt. «Das ist eine Ohrbirne. Du musst sie mit Wasser füllen, und dann drückst du sie dir ins Ohr. Das spült dann den ganzen Schmutz raus. Damit wir nicht mehr alles für dich wiederholen müssen.»

Das zweite Geschenk öffnete er selbst.

«Und damit löst man das Ohrenschmalz», verkündete er

und hielt seinem Großvater ein angerautes Plastikstäbchen unter die Nase.

«Was löst man damit?»

«Na ja, das gelbe Zeug, das dir die Gehörgänge verstopft.»

Der alte Alfred war tief beleidigt.

«Gefällt's dir nicht? Monsieur Ducos hat aber gesagt, dass du dich dann wieder viel besser mit anderen unterhalten kannst.»

«Ducos? Himmel, Arsch und Zwirn, schon wieder dieser Mistkerl aus der Gascogne.»

Er hörte ein Prusten hinter sich. Seine Töchter waren aus der Küche zurückgekehrt und wieherten wie die Pferde. Agnès meinte, sie würde sich gleich bepissen vor Lachen. Und dann tat sie es.

10

Nur Dumme wechseln nie die Kleidung

Agnès war keine Mutter wie alle anderen. Sie motzte mehr als der Durchschnitt, und im Kleid sah man sie nie. Sie rauchte wie ein Schlot und fluchte wie ein Bierkutscher. Morgens überprüfte sie nicht, ob Alfréd seinen Anorak auch ordentlich zugemacht hatte, und sie vergaß regelmäßig, ihm ein Pausenbrot mitzugeben. Sie kontrollierte weder seine Hausaufgaben noch das Elternheft. Und sie liebte den Fernseher, den sie nie ausschaltete. Abends aßen Agnès und Alfréd Seite an Seite vor dem Bildschirm, und anschließend ließ sie ihn weiterschauen, so lange er wollte (meistens ging Alfréd allerdings lieber ins Bett, um noch zu lesen). Wenn ihr gerade danach war, das hieß, nicht sehr oft, schnitt sie ihm mit der Küchenschere die Haare. Das Resultat war meistens katastrophal.

Aber es war auch nicht alles schlecht an ihr. Sie war die beste Köchin in der ganzen Gegend, und am Steuer ihres 404er fuhr sie wie ein Rallyechampion. Alfréds Kameraden waren neidisch, weil sie ihm Süßigkeiten beim Prisunic kaufte, ohne dass er darum betteln musste, und weil sie ihn nicht zwang, zum Zahnarzt zu gehen. Er durfte jeden Tag nach der Schule mit seinem Hund spielen und mittwochs allein zu Nénette gehen. Nur bei einer Sache war sie unnachgiebig: Er musste pünktlich zum Essen am Tisch sitzen.

Agnès hatte nur eine einzige Freundin, Guénola. Alfréd sah sie nicht sehr häufig, meistens fuhr seine Mutter zu ihr. Sie wohnte in Coat-Madiou, zwanzig Kilometer entfernt. Er war nur ein einziges Mal dort gewesen, und das war schon ziemlich lange her. Ihr Haus hieß «Ker Guéno», und darin herrschte das totale Durcheinander. Überall lag etwas herum, sodass man nicht wusste, wohin man treten sollte. Guénola arbeitete bei Ker Viande, um ihre Brötchen zu verdienen, aber eigentlich war sie Spökenkiekerin*. Der alte Alfred mied sie wie die Pest, seit sie prophezeit hatte, dass sein Hund einen Tod durch Erhängen sterben würde. Er war davon überzeugt, dass sie ihn verflucht hatte und allein daran schuld war. Agnès kümmerte das nicht, sie hielt Guénola für sehr talentiert. Sie hatte vorhergesagt, dass Pompidou Präsident würde, dass das Wasser Le Camboudin bei der großen Überschwemmung 1966 nicht erreichen würde und dass Alfréd ein Junge würde. Sogar Odette, die geschworen hatte, niemals etwas mit einer Wahrsagerin zu tun haben zu wollen, war in der vergangenen Woche bei ihr gewesen.

Tante Odette war nach Weihnachten nicht wieder abgereist. Seit mehr als einem Monat lebte sie nun schon mit dem alten Alfred auf dem Hof. Sie war von Beruf Krankenschwester und behauptete, sie könnte jederzeit eine neue Stelle finden. Bislang schien sie sich allerdings noch nicht wirklich darum bemüht zu haben ... Aber Alfréd freute sich, dass sie da war. Sie war nett zu ihm und interessierte sich dafür, was er ihr erzählte. Als er ihr gegenüber seine Liste der Wünsche erwähnte, nahm sie ihn ernst. Er bedauerte, dass seine Mutter es nicht tat. Wenn er sich über sie ärgerte, verglich er sie manchmal mit Tante Odette. Und dann schnitt Agnès immer ziemlich schlecht ab.

―――

Der alte Alfred zog eine Grimasse. Sein Unterhemd begann über dem Bauch zu spannen. Mit seinen bald siebzig Jahren bekam er langsam eine Wampe. Er, der sein Leben lang dürr wie eine Bohnenstange gewesen war, unglaublich! Er zog sich sein Schlafanzugoberteil an und legte feierlich den Cowboyhut auf seinen Nachttisch. Bevor er sich hinlegte, streichelte er noch einmal Brioche, der am Fußende lag und dessen Fell glänzte, weil er gerade gewaschen worden war. Alfred schlüpfte unter die Decke. Die Bettwäsche roch frisch.

Das alles hatte er Odette zu verdanken. Seit sie da war, hatte sich viel verändert.

Es fing damit an, dass er mehr aß. Sie kochte fast genauso gut wie Agnès, worüber er sich natürlich nicht beschwerte. Außerdem hatte sie alte Gewohnheiten ins Wanken gebracht und in seinem unaufgeräumten Leben ein wenig aufgeräumt. Zwar fand er jetzt nichts mehr wieder, aber das war nicht schlimm. Die Papiere auf dem Schreibtisch waren sortiert, seine Kleidung lag ordentlich gefaltet im Schrank, und das Chaos im Schuppen war beseitigt. Seine Tochter war handwerklich geschickt, worauf er nicht wenig stolz war, immerhin hatte er ihr das alles beigebracht. Sie hatte die Küchenschränke repariert und im Waschraum einen zweiten Nagel in die Wand geschlagen, um das Apothekenschränkchen gerade aufzuhängen. Sie hatte den Keimen den Kampf angesagt und alle Böden nass gewischt. Brioche durfte das platte Huhn nun endgültig nicht mehr mit ins Haus bringen. Der Hund hatte nicht aufgemuckt, als hätte er verstanden, dass eine Krankenschwester es reinlich brauchte.

Doch das war noch nicht alles. In der vergangenen Woche hatte Odette ihm verkündet, dass am Abend Gäste kämen. Sie hatte ihn sogar dazu gebracht, sich zu rasieren. Um Punkt 7 Uhr hatte ein Auto vor dem Hof gehalten. Victoire und ihre Tochter waren ausgestiegen. Wenn das keine Überraschung war! Zu jeder anderen Zeit hätte Alfred sich geschämt, Victoire zu sich einzuladen, aber heute war das Haus in tadellosem Zustand, und es duftete aus der Küche. Sie hatten einen wunderbaren Abend miteinander verbracht. Besonders Victoire und er ...

―――

Agnès schaltete um. Es war 19.30 Uhr, und ihr passte die Visage des Moderators nicht. Sie mochte Patrice Laffont lieber, der die Quizshow *Des chiffres et des lettres* auf ORTF 2 präsentierte, in der die Rechenkenntnisse und der Wortschatz der Kandidaten auf den Prüfstand gestellt wurden. Sie schaute die Sendung regelmäßig. Nicht wegen der Fragen – sie war eine Niete in Mathe und wusste auch nie ein richtiges Wort –, sondern wegen «Pat», wie sie ihn nannte. Alfréd saß neben ihr auf dem Sofa und biss herzhaft in einen Schokoriegel. Als es um die Aufgabe mit dem längsten Wort ging, schlug er sich ganz gut. Danach kamen die Nachrichten. Der Mindestlohn wurde offiziell von derzeit 4,55 Francs auf 4,64 angehoben. Agnès schimpfte, dass man sich damit nicht mal was Anständiges zum Trinken kaufen könne. Die Sprecherin kündigte den Sonntagabendfilm an.

«Na, mein Süßer, gehst du heute Abend nich rauf lesen?»

Alfréd mampfte noch ein Stück Schokolade.

«Nee, heute nicht», sagte er, «ich habe mir gedacht, ich verbringe lieber ein bisschen Zeit mit dir.»

Agnès sah ihn skeptisch von der Seite an.

«Ich würde gern mal was *Besonderes* mit dir unternehmen, Mama.»

«Wann? Jetzt gleich?»

«Nein, bald. Ich hab dir doch von meiner Liste der Wünsche erzählt.»

«Was für eine Liste?»

Alfréd seufzte.

«Na, du weißt schon, die mit den Dingen, die ich vor meinem zehnten Geburtstag gemacht haben will. Davon sind nur noch zwei übrig und ...»

Seine Mutter unterbrach ihn mit einer Handbewegung und stellte den Ton am Fernseher lauter. Ihre Lieblingswerbung lief, in der ein bekannter Schauspieler mit einer äußerst unattraktiven Frau an einem Tisch sitzt, die sich in eine Schönheit verwandelt, als sie von dem Super-Kartoffelgratin von Lustucru probiert. Agnès hatte die Augen starr auf den Bildschirm gerichtet und ihren Sohn vollkommen vergessen. Alfréd spürte, wie etwas in seiner Speiseröhre bis zur Nase aufstieg. Er sprang auf und stellte sich vor den Fernseher.

«Warum hörst du mir nie zu?»

Agnès zuckte zusammen.

«Weg da, Alfréd! Ich seh nix mehr!»

«Ich will, dass du mir zuhörst!»

«Warum?»

«Man könnte meinen, es ist dir egal, was ich mache. Jedes Mal, wenn ich dir gerade was erzähle, sagst du, ich soll den Mund halten.»

Er war knallrot angelaufen. Agnès rappelte sich mühsam auf dem Sofa hoch.

«Was redest du denn da? Ich versteh gar nix mehr!»

«Du verstehst nie auch nur irgendwas! Opa und Tante Odette sind ganz anders. Sie interessieren sich für mich! Ich geh jetzt ins Bett, ich bin müde!»

Mit diesen Worten stürmte er davon, machte aber kurz vor der Wohnzimmertür noch mal auf dem Absatz kehrt und sagte seiner Mutter direkt ins Gesicht: «Und ich will, dass du mit dem Rauchen aufhörst, weil du davon so viel hustest. Und mit dem Trinken auch, weil mein Vater darum abgehauen ist!»

Agnès blieb wie versteinert auf dem Sofa sitzen, während Alfréd polternd die Treppe hochlief. Die Werbung für das Gratin von Lustucru war längst vorbei.

―

Der Tag lief nicht gut. Alfréd hatte in der Pause auf dem Schulhof die Hälfte seiner Murmeln verloren, und Mademoiselle Morvan hatte ihn gerügt, weil er abgelenkt gewesen war. Außerdem hatte er eine schlechte Note in Mathematik bekommen. Und das alles, oder fast alles, wegen dem, was am Vortag passiert war. Seine Mutter war nach ihrem Streit nicht einmal mehr zu ihm raufgekommen. Als er am Morgen aufgewacht war, hatte er noch immer eine Wut im Bauch gehabt. Sie hatte ihm Marmeladenbrote geschmiert, aber das hatte nichts genützt. Die Wut war geblieben. Im Auto, auf dem Weg zur Schule, hatten sie nicht miteinander gesprochen. Sie hatte ihn lediglich gefragt, ob es ihn stören würde, wenn sie rauchte. Er hatte nur mit den Schultern gezuckt. «Bis heute Abend» hatte er beim

Aussteigen gemurmelt und sich dann seine Kapuze über den Kopf gezogen. Am Nachmittag hatte sie Schicht in der Fabrik und würde erst spät nach Hause kommen.

Es war 4.30 Uhr. Alfréd räumte seine Sachen in den Tornister. Er zog das Schulhemd aus, schlüpfte in Jacke und Handschuhe und verabschiedete sich von der Lehrerin. Auf dem Weg nach draußen tat Alfréd so, als würde er über Brieucs neusten Witz lachen und gab Glenn ein Bonbon, aber eigentlich war er mit seinen Gedanken woanders. Auf dem Hof zog ihn jemand am Ärmel.

«He, Alfréd, da wartet jemand auf dich!»

Er blieb wie angewurzelt stehen. Vor dem großen Holztor stand nicht Brioche ... sondern seine Mutter! Sie war nicht zu übersehen mit ihrem pinkfarbenen Lippenstift und dem geblümten Trägerkleid. Es war Mitte Februar. Die anderen Mütter trugen warme Wintermäntel. Als Agnès ihn erblickte, rief sie: «Huhu, Alfréd! Guck mal, wer hier is!»

Er hörte das Kichern in seinem Rücken. Während er auf sie zuging, wurde er immer langsamer, als würde das etwas ändern. Auf den Absatzschuhen, die sie trug, konnte sie sich kaum halten. Gern hätte er sie hübsch gefunden, aber so sehr er sich auch bemühte, es gelang ihm nicht. Ihr Haar trug sie heute offen. Es war weder blond noch braun.

«Und? Freust du dich nich, mich zu sehen, Alfréd, mein Wonneproppen?»

Sie küsste ihn ein wenig grob auf die Wange. Der Lippenstift hinterließ einen Abdruck. Wieder wurde gekichert.

«Ich hoffe, du hast im Unterricht heute nich den Clown gespielt. Wenn du in der Schule nämlich nich ordentlich mitarbeitest, endest du noch wie deine Mutter und musst bei Ker Viande Gedärme sortieren!»

Sie begann, schallend zu lachen, bis sie einen Hustenanfall bekam. Die anderen Eltern entfernten sich ein wenig.

«Komm schon, gib mir deinen Tornister, Süßer!»

Alfréd reichte ihn ihr schweigend. Ein freundliches Wort wollte ihm einfach nicht über die Lippen kommen.

———

Sie hat nichts kapiert. Wie immer. Verlorene Liebesmüh ...

Die Worte gingen ihm nicht aus dem Kopf. Alfred saß auf der Küchenbank und lehnte sich gegen die Wand. Er war pappsatt. Für Frikassee hatte er eine Schwäche. Odette stand an der Spüle und wusch ab, und Brioche, der halb auf seinen Füßen lag, nagte unter dem Tisch genüsslich an einem Knochen. Es musste schon spät sein, wahrscheinlich fast 23 Uhr. Er trank sein Glas aus. Ihre Gäste waren gerade gegangen. Es war ein schöner Abend gewesen. Victoire hatte eine gute Flasche Wein mitgebracht, und Odette hatte sich am Herd betätigt. Er beobachtete, wie seine Tochter mit einem Geschirrtuch am Gürtel herumwerkte. Seit ihrer Rückkehr hatte sie eine Wandlung durchgemacht. Inzwischen machte er sich keinerlei Sorgen mehr um sie.

Wenn die Zeit dafür reif wäre, würde sie wieder gehen und ihr eigenes Leben leben. Aber sie sollte sich ruhig Zeit lassen.

«Und, haben wir mit unserer Freundin am Tisch getuschelt?», fragte Odette und lächelte eindeutig zweideutig.

Alfred tat so, als würde er es nicht kapieren. Dabei wusste er ganz genau, wovon sie sprach. Während des Essens hatte sich Victoire zu ihm herübergelehnt und ihn gefragt, was los sei. Sie kannte ihn gut, vor ihr konnte er nichts verbergen. Gern hätte er ihr von seinem Kummer mit seinem Enkel und Agnès erzählt, aber er wusste nicht, wie er anfangen sollte. Es gab so viel dazu zu sagen...

«An was denkst du, Papa? Hast du zu viel gegessen oder was?»

Odette hatte sich ihm gegenüber auf die Küchenbank gesetzt und sah ihn besorgt an. Er hasste solche Situationen. Das war was für Frauenfilme. Er hatte jetzt keine Lust zum Reden, er war müde. Aber seine Tochter würde ihn nicht so leicht vom Haken lassen.

«Ach weißt du, bei uns Alten sitzt immer irgendein Furz quer», antwortete er.

Sie lachte nicht. Er war ja selbst nicht in der Stimmung dafür, wie man unschwer erkennen konnte.

«Sag mir lieber, was dich beschäftigt.»

Er zögerte. Am Nachmittag, als Odette mit dem Jungen im Schuppen ein Rad repariert hatte, war Alfred das Notizbuch seines Enkels ins Auge gefallen. Er hatte es auf einem Stuhl liegenlassen. Die Versuchung war zu groß gewesen. Er hatte willkürlich eine Seite aufgeschlagen und gelesen: «Alt werden bringt nichts, man muss rechtzeitig geboren werden.» Lebensweisheit Nr. 8.

Er konnte sich gar nicht mehr daran erinnern, das gesagt zu haben. Der Junge nahm wirklich alles wörtlich, was man ihm erzählte! Als er ein bisschen weiter geblättert hatte, stand dort: «**Palavern***, bei Fieber etwas vor sich hin faseln oder überhaupt irgendwas erzählen. *Beispiel: So was macht Félicien, wenn ihm niemand zuhört.*» Als Alfred das las, musste er lachen. Und dann: «**Smacken***, mit offenem Mund kauen und dabei Geräusche machen. *Beispiel: Opa bei Tisch.*»

Das hatte ihm weniger gefallen. Als er das Buch schon

wieder hatte schließen wollen, war ihm eine Zeile aufgefallen, die der Junge durchgestrichen hatte. «Wunsch Nr. 9: einen besonderen Mutter-Sohn-Tag verbringen.» Und darunter hatte er gekritzelt. «Sie hat nichts kapiert. Wie immer. Verlorene Liebesmüh...»

«Verlorene Liebesmüh...», murmelte Alfred.

«Was?», fragte Odette.

Er knickte ein: «Es geht um deine Schwester.»

———

Ordentlich gescheitelt und das Hemd bis oben hin zugeknöpft, beobachtete Alfréd seinen Großvater. Er war irgendwie nicht bei der Sache. Genau wie Tante Odette. Seit einer halben Stunde nagte sie an ihren Fingernägeln. Niemand sagte etwas, außer Agnès, die erzählte, wie ihre Woche bei Ker Viande gelaufen war.

«Neulich Nachmittag gab's in der Fabrik ein Quiz», berichtete sie, während sie im Wohnzimmer Kaffee servierte. «Man sollte den Namen von 'nem Tier raten, das man zu besonderen Gelegenheiten isst und das mit ‹A› anfängt. Wir haben ewig überlegt, aber uns is nix eingefallen, bis dann doch eine die Antwort wusste. Das erratet ihr nie: Angusten!»

Sie brach in schallendes Gelächter aus.

«Wie dumm kann man eigentlich sein! Zum Glück ist Guéno da, die das Niveau hebt! Übrigens, wollen wir nicht mal zu dritt ausgehen, Odette? So'n schöner Mädelsabend. Es is ewig her, dass wir mal so 'ne richtige Sause* gemacht haben, und außerdem war grade Zahltag. Guéno kann saufen wie 'n Kerl, das is echt sehenswert!»

«Nein, wirklich nicht», antwortete ihre Schwester.

«Was? Du hast keine Lust auf 'ne anständige Zecherei*?» Agnès schenkte ihr Kaffee ein. «Das wär aber mal was anderes, als immer nur der Alte und der Hof!»

«Himmel, Arsch und Zwirn», ging der alte Alfred dazwischen und schlug mit der Faust auf den Tisch.

Alfréd fuhr zusammen. Die Tasse seiner Tante war umgekippt, und der heiße Kaffee ergoss sich über den Teppich. Niemand rührte sich. Der Junge blickte zu seinem Großvater auf, der sich erhoben hatte und jetzt direkt vor seiner Mutter stand. Sein Gesicht war feuerrot.

«Beruhige dich, Papa», sagte Odette und berührte ihn am Arm.

«Nein», rief er. «Ich werd nich zulassen, dass sie weiter so 'nen gequirlten Mist von sich gibt!»

«Denk dran, du bist hier in meinem Haus! Darum hörst du jetzt auf, so rumzukrakeelen», fauchte Agnès.

«Du sei mal ganz still! Ich bin dein Vater, und du hörst mir jetzt zu!»

Alfréd hatte seinen Löffelbiskuit hingelegt. Odette kam zu ihm und nahm behutsam seine Hand: «Komm mal mit, mein Hase, wir drehen draußen eine kleine Runde, einverstanden?»

Er nickte. Als sie den Raum verließen, starrten sich sein Großvater und seine Mutter bitterböse an.

———

Als der Alte alles gesagt hatte, zitterten seine Beine ein wenig. Er hatte zu lange gestanden. Was er von sich gegeben hatte, hätte er nicht wiederholen können, aber er hatte sein Bestes gegeben. Die Worte waren ganz von allein aus ihm herausgesprudelt. Am Anfang hatte Agnès lauter geschrien als er. Sie hatte seinen aufbrausenden Charakter geerbt. Doch während er Dampf abgelassen hatte, war sie nach und nach immer stiller geworden. Im Moment saß sie rauchend auf dem Sofa und starrte auf den Kaffeefleck auf dem Boden.

Alfred seufzte. Er brauchte dringend einen Trouspignôle und sollte lieber nach Hause gehen.

Nachdem er das Haus seiner Tochter verlassen hatte, blieb er auf der Treppe stehen und holte tief Luft. Himmel, Arsch und Zwirn! Was war das nur für ein Scheißwetter! Seit dem Morgen nieselte es unaufhörlich. Es war Mitte März und vom Frühling noch immer keine Spur. Gern hätte er sich jetzt mit seinen Kumpanen getroffen. Das hätte ihm wieder einen klaren Kopf verschafft. Morgen würde er Eugène besuchen gehen. Er blickte über die Kirschlorbeerhecke hinweg zu seinem Haus. Im Vergleich zu dem von Agnès lag es tiefer und kam ihm ein wenig heruntergekommen vor. In der Küche brannte Licht. Offensichtlich waren Odette und der Junge dort.

Plötzlich kam Ambroises Ente von rechts angepresst. Mit Vollgas bretterte Ambroise durch Le Camboudin – nicht besonders schlau, weil die Straße uneben und voller Schlaglöcher war. Es kam, wie es kommen musste: Bei dem nächsten Ausweichmanöver schleuderte der Wagen nach rechts gegen die dicke Eiche, die direkt vor Alfreds Grundstück stand. Ein dumpfer Knall war zu hören, dann nichts mehr. Brioche, Odette und der Junge liefen herbei. Alfred beeilte sich ebenfalls, zu ihnen zu gelangen. Eine dicke Rauchwolke stieg aus dem Wagen auf. Auch Albert kam mit Joly Laryday. Ein höllischer Gestank nach verbranntem Fleisch breitete sich aus. Odette und Alfred halfen Ambroise aus dem Wagen, dem die Schiffermütze über die Augen gerutscht war. Wie durch ein Wunder schien er unversehrt zu sein. Er war lediglich ein bisschen durcheinander und wiederholte immer wieder: «Ich hab's einfach nich gesehn! Ich hab's einfach nich gesehn!»

Odette ging mit ihm ins Haus, um ihn zu untersuchen. Unterdessen zog Alfred den Schlüssel aus dem Zündschloss, da der Motor noch immer lief. Die alte Blechkiste war wirklich nicht kleinzukriegen. Anschließend versuchte er, die Kühlerhaube zu öffnen. Im Vorbeigehen versetzte er Joly Laryday einen leichten Tritt, weil sich der Hund an den Reifen verging. Schließlich näherte sich auch der Junge, der sich bis dahin im Hintergrund gehalten hatte, dem Wagen und stieß plötzlich einen Schrei aus. Alfred fuhr zusammen.

«Was denn?»

Mit zitterndem Zeigefinger deutete sein Enkel vorn auf die Ente. Über der Stoßstange hing eine Pfote. Die Sache war klar: Ambroise mochte mit dem Schrecken davongekommen sein, jemand anders offensichtlich nicht. Josons Hündin war zwischen Auto und Baumstamm zerquetscht worden! Wie ein Crêpe! Das arme Tier hatte leider genauso schlechte Ohren und Reflexe gehabt wie derjenige, der es auf dem Gewissen hatte. Pflaume hatte wahrscheinlich gerade an dem Baum gedöst oder gepisst. Jedenfalls war da nichts mehr zu machen, sie war erledigt...

Wie es das Schicksal so wollte, ertönte in dem Moment Josons Jagdhorn in der Ferne. Es war ein trauriger Klang, der durch den Regen herüberschallte. Brioche und Joly Laryday begannen, wie wild zu bellen.

Pflaumes Pfote an der Stoßstange bewegte sich noch.

«Neeeeeein!», kreischte Alfréd.

Er fuhr in seinem Bett hoch. Der Albtraum war schlimm gewesen. Nachdem er sich wieder hingelegt hatte, vergrub er den Kopf unter dem Kissen. Aber es hatte keinen Sinn mehr. Jetzt war er hellwach, und die harsche Realität holte ihn ein: Es regnete, und er musste sich für die Schule fertig machen, wo am Vormittag ein Diktat anstand. Aber noch viel schlimmer: Pflaume war an einem Baumstamm zerquetscht worden, und sein Großvater und seine Mutter redeten nicht mehr miteinander. Der Tag versprach unangenehm zu werden ... Widerwillig stand Alfréd aus dem Bett auf und zog seinen Bademantel an.

Auf dem Treppenabsatz stieg ihm ein süßer Duft in die Nase. Es roch nach Crêpes. Der Frühstückstisch war festlich gedeckt: Butter, Zucker, Erdbeermarmelade (seine Lieblingssorte) und dazu heißer Kakao. Er rieb sich die Augen. Auf einem Stapel Crêpes brannte sogar eine Kerze. Seine Mutter stand mit einer Pfanne in der Hand am Herd.

«Aber Mama, heute ist nicht mein Geburtstag!»

«Na und? Freust du dich denn nich trotzdem?»

«Doch ... doch.»

Sie ließ einen Crêpe auf seinen Teller gleiten.

«Bitte schön. Das war der letzte!»

«Warum hast du ein Kleid an?»

«Nur Dumme wechseln nie die Kleidung», sagte sie.

«Hä?»

Sie stellte die Pfanne ab und baute sich – die Hände in die Hüften gestemmt – vor ihm auf.

«Also gut, was hat's mit dieser Liste von dir auf sich?»

«Mit welcher Liste?»

«Ja der mit den Wünschen und dem ganzen Kram.»

Begriffsstutzig blickte Alfréd mehrfach zwischen dem Stapel Crêpes und seiner Mutter hin und her. Er war so verdutzt wie Ambroise nach dem Unfall. Er war sich nicht sicher, ob er wirklich wusste, was hier vor sich ging, aber eins wusste er: Sie machte keine Witze.

«Soll ich dir jetzt sofort davon erzählen?»

Sie nickte.

«Einiges wird dir nicht gefallen...»

«Erzähl's mir trotzdem.»

Alfréd zögerte. Er hatte keine Lust, sich dieses wunderbare Frühstück zu verderben. Aber welches Risiko ging er schon ein? Schlimmstenfalls würde sie ihn anbrüllen, und bestenfalls ... nichts. Bevor er anfing, biss er in einen Crêpe. Was man hat, das hat man. Dann begann er, seine Wünsche aufzulisten. Ruhig hörte sie bis zum Schluss zu. Nur bei Wunsch Nr. 8, bei dem es um Monsieur Ducos und sie selbst ging, verzog sie ein wenig das Gesicht. Als er fertig war, schwieg sie. Alfréd ebenfalls. Die Kirchenglocken läuteten. Beim achten Schlag fragte Agnès: «Was genau verstehst du unter 'nem besonderen ‹Mutter-Sohn-Tag›?»

―

Eugène holte tief Luft, um den Rotz hochzuziehen, der sich in seiner Nase und seinem Hals angesammelt hatte und ihm das Atmen schwer machte. Dann spuckte er ihn mit aller Kraft in die kleine Schachtel. Nachdem er die dickflüssige Lache eingehend begutachtet hatte, tauschte er die Schachtel auf der Anrichte gegen eine neue aus. Alfred beobachtete das Ganze angeekelt. Er mochte Gégène sehr, aber an seine Spuckschachteln hatte er sich nie gewöhnen können. Er bastelte sie aus alten Nudelverpackungen, von denen er das obere Drittel abschnitt. Die volle versteckte er nun hinter dem Radio neben dem Hochzeitsfoto seiner Eltern.

«Deine Spuckschachtel da, kannste die nich woanders hintun?»

«Warum, steht da doch gut.»

«Ich meine wegen deinen Eltern.»

«Wegen meinen Eltern? Wat ham denn die damit zu tun?»

«Ich weiß auch nich, aber aus Respekt und so. Du könntest zum Spucken auch woanders hingehen.»

Eugène kratzte sich am Kopf. Eine tranige Fliege hatte sich auf seinen Unterarm gesetzt. Er zerquetschte sie mit der flachen Hand.

«Eine mehr weniger!», erklärte er.

«Es kann nich *eine mehr* sein, wenn es gleichzeitig *eine weniger* ist, Gégène.»

«Wieso nich?»

«Na, is doch logisch.»

«Hör auf, mir mit deiner Logik und dem Bild von meinen alten Herrschaften auf die Nerven zu geh'n.»

Alfred beharrte nicht weiter darauf. Dabei war es so leicht zu verstehen, wie die Sache mit dem Marmeladenbrot, das immer auf der falschen Seite und nie auf der richtigen landete. Schweigend tranken sie ihr Glas aus, ehe sich Eugène erhob und damit zum Aufbruch mahnte.

Sie hatten verabredet, zum «Stinklager» zu fahren, um einen neuen Rückspiegel für Eugène zu besorgen (wurde auch Zeit, es war fast drei Monate her, seit Ambroise den alten abrasiert hatte). Das Stinklager war eine Art Schrottplatz, wo alle Leute aus der Gegend die Dinge hinbrachten, für die sie keinen Platz mehr hatten. Der alte «Unerschütterlich», ein unfähiger Bauer, bei dem nicht einmal die Kartoffeln gediehen, lagerte allerdings hartnäckig seinen Kuhmist direkt daneben. Deshalb durfte man nicht allzu geruchsempfindlich sein, wenn man sich dorthin begab. Sie nahmen Alfreds Trecker, weil das Stinklager nicht gerade um die Ecke lag.

Unterwegs begegneten sie Agnès, die gerade aus der Fabrik zurückkehrte. Vater und Tochter nickten sich kaum zu. Seit Sonntag herrschte Eiszeit zwischen ihnen. Im ersten Moment war er froh gewesen, mit ihr gesprochen zu haben, aber inzwischen begann er zu zweifeln, ob es etwas genützt hatte. Odette meinte, er solle sich entspannen, die Dinge würden sich schon regeln, aber er glaubte nicht daran. Agnès war genauso engstirnig wie er selbst. Sie fuhren bei Klumpfuß und seinen heruntergekommenen Hunden vorbei. Zwei große Molosser liefen hinter dem Trecker her. Sie sprangen fast so hoch wie die Reifen. Eugène brüllte von oben herab: «Herrgott, ihr Drecksköter! Wartet, bis ich runterkomme! Dann spielt ihr euch nich mehr so auf! Dann setzt es wat, so wat habt ihr noch nich erlebt!»

Aber es setzte von niemandem was. Man musste verrückt, senil oder beides sein, um das zu wagen. Und das war bei ihnen beiden noch nicht ganz der Fall.

―

«Ich habe meine Trainingsanzüge in den Müll geworfen», verkündete Agnès.

«Auch den blauen?», fragte Alfréd und hob den Blick von seinem Französischheft.

«Auch den blauen», bestätigte sie.

Alfréd konnte es kaum glauben. Seit einer Woche tat

seine Mutter seltsame Dinge. Er wusste nicht, was mit ihr los war, aber eigentlich gefiel es ihm ganz gut.

«Morgen früh fahrn wir um 9 los. Und dann bist du fertig!», sagte sie, ehe sie sein Zimmer verließ.

Morgen war Sonnabend. Und sonnabends schlief seine Mutter normalerweise immer aus. Doch am nächsten Morgen um fünf Minuten vor 9 Uhr betrat Agnès, ohne anzuklopfen, Alfréds Zimmer. Er lag noch mit einem Lucky-Luke-Band im Bett.

«Wie, du bist noch nicht aufgestanden?», rief sie und klang verärgert. Sie war bereits fix und fertig angezogen und offensichtlich startklar. Alfréd fiel fast die Kinnlade runter. Er war sich sicher gewesen, dass sie am Abend zuvor einen Scherz gemacht hatte.

«Ich warte unten, aber beeil dich!», sagte sie und ging zügig hinaus.

Blitzschnell zog er sich an. Sobald er zu ihr ins Auto gestiegen war, fuhr sie wortlos ab. Nach einer Viertelstunde sagte sie: «Hoffe, es macht dir wenigstens Spaß, die ganze Zeit den Kopf hängen zu lassen?»

Alfréd sah sie fragend an.

«Kannste nich mehr sprechen, oder was?»

«Nee, nee, es ist nur so, dass...»

«Dass was? Dass deine Mutter nich bis 11 wie ein Stein gepennt hat?»

Er nickte und war sich nicht sicher, ob er sich dafür eine einfangen würde.

«Ich hätte selbst nich gedacht, dass ich aus dem Bett komme!», gestand sie. Dann sah sie in den Rückspiegel. «Guck mal, wir seh'n ja aus wie Vogelscheuchen!» In der Tat stand ihnen beiden das Haar wild vom Kopf, als wäre ins Dach des 404er der Blitz eingeschlagen.

Schließlich verriet seine Mutter ihm auch, wohin sie unterwegs waren. Sie hatte beschlossen, mit ihm zur größten Kirmes der Bretagne zu fahren, 50 Kilometer entfernt. Alfréd stieß einen Freudenschrei aus und begann, im Sitzen zu tanzen. Er war hin und weg. So etwas hätte er nie zu hoffen gewagt! Er fragte sich ehrlich, was seine Mutter wohl gestochen hatte. Auf jeden Fall musste es ein ziemlich extremer Stich gewesen sein! Er plapperte den ganzen Rest des Wegs und überlegte, welche Attraktionen es dort wohl gäbe. Ein älterer Junge aus seiner Schule war schon mal da gewesen und hatte alle möglichen unglaublichen Dinge erzählt. Alfréd hoffte, dass er nicht gelogen hatte...

Der Schulkamerad hatte nicht nur nicht gelogen, es war alles noch viel besser, als er es beschrieben hatte. Es gab so viele Karussells und Lichter überall, dass Alfréd gar nicht wusste, wohin er zuerst schauen sollte. Am liebsten hätte er alles gleichzeitig ausprobiert. Da er sich nicht entscheiden konnte, aß er zuerst einmal was. Nachdem er eine klebrige Zuckerwatte und zwei Schokoladenkrapfen verschlungen hatte, wollte er zu den Autoscootern. Er flehte seine Mutter an mitzukommen. Sie war nicht besonders erpicht darauf, aber als sie erst einmal in dem Wagen saß, amüsierte sie sich genauso wie er. Dann fuhren sie eine Runde mit dem Riesenrad und bogen sich vor Lachen, als sie sich in den Zerrspiegeln betrachteten. Überall herrschte viel Trubel, und es roch nach gerösteten Maroni. Die Geisterbahn bekam von Alfréd zehn von zehn Punkten und die Riesenschaukel neun von zehn. Die Achterbahn mit Looping, aus der er mit vollgespuckter Jacke wieder herauskam, gefiel ihm weniger gut. Was ihn nicht daran hinderte, unmittelbar danach in der Wurfbude acht von zehn Konservendosen umzuwerfen. Beim Angeln gewann er ein ziemlich hässliches Kuscheltier, beim Ballonschießen nichts.

Am Ende des Tages hatte Agnès noch eine Überraschung für ihn parat. Sie hatte zwei Plätze bei einer Dinnershow in einem großen Zelt reserviert. Die Tische standen terrassenförmig um eine Zirkusmanege herum. Es gab eine Band und Kellnerinnen mit Schürzen, auf denen «Buffalo Bill» stand. Die Kellnerin, die für ihren Tisch zuständig war, hieß Jenny und sah sehr gut aus. Als sie sich setzten, nannte sie Alfréd «hübscher Junge», was bei ihm ein seltsames Kribbeln verursachte. Er entschied sich für das Menü «Ranch» mit einem Maxi-Hamburger, Pommes und Coca-Cola. Seine Mutter nahm ein Bier und ein Steak. Kaum hatten sie ihr Essen bekommen, kündigte eine Stimme mit amerikanischem Akzent den größten Eroberer aller Zeiten an. Es folgten ein Trommelwirbel und eine Lichtershow, die einen beinahe erblinden ließ. Dann galoppierte ein schwarzes Pferd in die Manege. Und auf seinem Rücken saß ein Mann, der ein Lasso über dem Kopf schwang. Alfréd hielt die Luft an: Stiefel und Sporen, Hut und Jeanshose: ein Cowboy – und zwar ein echter.

11

Siebzig Jahr und noch (fast!) alle Zähne

Seit er einen echten Cowboy gesehen hatte, war Alfréd fest entschlossen, das später zu seinem Beruf zu machen. Es entsprach zwar nicht unbedingt den Vorstellungen seiner Mutter und seines Großvaters, aber in seinem Innern wusste er, dass er richtiglag und sie falsch. Sie konnten nicht nachvollziehen, was während der Vorführung in ihm vorgegangen war. Das Gefühl war stärker gewesen als alles andere. Eines Tages würde er ihnen beweisen, wozu er in der Lage war…

Brioche leckte ihm unter dem Tisch die Finger. Unauffällig gab er ihm ein Stück Zucker. Die Osterferien hatten gerade begonnen, und in alter Tradition hatte Alfréd auf dem Hof übernachtet. Er griff nach dem Marmeladenbrot und biss mit Appetit hinein. Pfui! Es schmeckte nach Knoblauch. Das Buttermesser war am Vortag offenbar für etwas anderes benutzt worden. Neben ihm schlürfte sein Großvater genüsslich seinen Morgentrunk. Warum musste er das immer so geräuschvoll machen! Alfréd sah ihn verstohlen von der Seite an. Er fand, dass sein Opa in letzter Zeit alt geworden war. Oft hatte er Rückenschmerzen und hörte immer schlechter. Zum Glück war Tante Odette da, die sich gut um ihn kümmerte. Sie hatte eine Arbeit im Krankenhaus gefunden, die ihr zu gefallen schien. Sein Großvater wischte sich mit dem Ärmel den Mund ab. Dann schnitt er eine Scheibe Brot ab. Dabei drückte er den Laib gegen seine Brust.

«Willste auch noch, Junge?»

«Zwei bitte!», antwortete Alfréd.

«Na, jung zu sein, sorgt für 'nen gesegneten Appetit!», rief sein Großvater.

Alfréd lächelte und fragte dann: «Was ist dir lieber, Opa? Alt und taub oder jung und gesund?»

Der Alte hob die Augenbrauen. Der Junge hatte einen dicken Kakaobart und Mehl im Gesicht.

«Iss du lieber dein Brot, Jung, sonst wirste noch zu 'nem Igel mit Schnurrbart», antwortete der Alte.

Ein Igel mit Schnurrbart? Das ergab für ihn keinen Sinn. Manchmal gab sein Großvater wirklich seltsame Dinge von sich.

«Ehrwürdiger Opa...»

«Was is denn jetzt schon wieder?»

«Trinkst du zum Frühstück lieber heißen Kakao oder Wein?»

Der Alte seufzte. Sein Rotwein am Morgen war ihm heilig.

«Hör zu, mein Kleener. Komm du erst mal in mein Alter, dann stellste nich mehr solche Fragen. Wir sprechen uns wieder, wenn du 'n bisschen älter bist!»

«Aber ich habe keine Lust, alt zu sein!»

«Da täuschste dich! Das Alter is wie Käse, je älter, desto besser!»

Der Alte trank seinen Wein in einem Zug leer und schnalzte dann mit der Zunge, wie jedes Mal, wenn er eine Diskussion für beendet hielt.

Wenn Alfréd so darüber nachdachte, war es gut, dass der alte Alfred gern alt war. Denn in ihm war eine wundervolle Idee gereift. Nächsten Monat, genauer gesagt am 20. Mai, hatten sie beide Geburtstag, und er hatte vor, eine Überraschungsparty für seinen Großvater zu organisieren. Gleichzeitig war das Wunsch Nr. 10 auf seiner Liste – eine Art Feuerwerk als würdiger Abschluss. Er würde alle einladen. Von diesem unvergesslichen Ereignis würden die Leute noch in zwanzig Jahren reden! Er hatte sich schon alles genauestens überlegt. Jeder bekäme eine spezielle Aufgabe. Aber zuerst musste er die Leute benachrichtigen, ohne dass sein Großvater etwas davon mitbekäme. Da er eigentlich immer mit irgendjemandem von ihnen zusammen war, würde das nicht leicht werden. Einzeln mit den Leuten zu sprechen, würde zu lange dauern, er musste ein Treffen organisieren, und er beschloss, dass es im Bistro stattfinden sollte. Tophile und Marthe wären sicher damit einverstanden. Jetzt musste er nur noch einen Weg finden, seinen Großvater zur fraglichen Zeit von dort fernzuhalten...

—

Alfréd räusperte sich, doch niemand achtete auf ihn, weil es im Bistro ziemlich laut war. Ehrlich gesagt war es schlimmer als auf dem Schulhof. Es wurde noch mehr geredet und gelacht. Das mit der Diskretion konnte er schon mal vergessen. Alle schienen schwer beschäftigt zu sein. Er ließ den Blick durch den Raum schweifen. Titi und Marcellin trugen einen Wettbewerb aus, wer besser wie ein Schwein grunzen konnte. Félicien war der Schiedsrichter. Tophile und Marthe stritten hinter dem Tresen wegen einer Flasche

Wein, die nach Korken schmeckte. Die Frauen tratschten in Rogers Ecke. Alfréd seufzte. Es würde nicht leicht werden. Jemand versetzte ihm einen Stoß mit dem Ellbogen. Es war seine Mutter.

«Wie geht's meinem süßen Wonneproppen?», fragte sie.

Er zog die Mundwinkel hinab.

«Los, kletter da rauf», befahl sie. «Ich kümmer mich um den Rest.»

Sie nahm ihren Bierhumpen und rammte ihn energisch drei Mal auf den Tisch.

«KLAPPE!», brüllte sie dann.

Alle verstummten. Sie hatte ein beeindruckendes Organ. Die Blicke richteten sich auf Alfréd, der sich auf einen Stuhl gestellt hatte. Er errötete.

«Tut mir leid, Junge, wir sind lauter als die Fans im Stadion von Rennes!», scherzte Marcellin. «Nicht umsonst haben wir den Pokal gewonnen!»

Alle lachten. Alfréd entspannte sich. Er betrachtete die Menge. Er konnte stolz auf sich sein, sie waren alle gekommen. Odette gab ihm von ihrem Platz aus ein aufmunterndes Zeichen.

«Zunächst möchte ich euch danken, dass ihr euch alle heute Abend Zeit genommen habt. Einige wissen schon, warum ich euch hierherbestellt habe. Am 20. Mai findet ein wichtiges Ereignis statt: Mein Opa wird siebzig ...» Er legte eine Pause ein, wie seine Tante es ihm geraten hatte. «Und ich würde gern eine Überraschungsparty für ihn organisieren, wofür ich eure Hilfe brauche, liebe Kumpane, liebe Freunde und Verwandte!»

Stille. Blicke wurden getauscht. Sie alle kannten den alten Alfred und wussten, wie sehr ihm davor grauste, seinen Geburtstag zu feiern. Daran hatten sich schon einige von ihnen die Zähne ausgebissen und sich geschworen, es nie wieder zu versuchen. Alfréd war das nicht neu. Seine Mutter und seine Tante hatten ihn auch schon davon abbringen wollen, aber er war wild entschlossen. Nichts und niemand hätte ihn davon abhalten können. Er war sich so sicher, dass er die beiden schließlich überzeugt hatte. Und das war nicht leicht, wenn man wusste, wie sturköpfig sie waren. Er hoffte, dass es bei den anderen nun ebenfalls funktionieren würde ...

«Ich helf dir gern», meldete sich Victoire als Erste.

Kurz darauf wurde ein krummer dünner Finger in die Luft gestreckt. «Auf mich kannst du auch zählen», verkündete Nénette.

«Und auf mich!», rief die Tricot mit ihrer Marktschreierinnenstimme.

«Ich bin auch dabei», schloss sich die Friseuse an.

«Was?», mischte sich Agnès ein. «Ham wir hier denn nur Frauen, oder was?»

Plötzlich wurde es laut, und alle meldeten sich, weil sie mitmachen wollten! Mit einem Lächeln auf den Lippen stieg Alfréd von seinem Stuhl. Odette kam, um ihm zu gratulieren, und bot ihm an, ihn bei der Organisation zu unterstützen. Er ernannte sie offiziell zu seiner rechten Hand. Sie war sehr effizient. Weniger als zehn Minuten später saßen alle in Gruppen eingeteilt um die Tische. Jede Gruppe hatte ein leeres Blatt Papier und Stifte bekommen.

«Und jetzt an die Arbeit!», verkündete sie.

Alfréd ging von einem Tisch zum nächsten, um die Fortschritte zu begutachten. Die Hände auf dem Rücken verschränkt, schritt er durch das Bistro wie der Bürgermeister höchstpersönlich. Agnès, Marthe und Victoire kümmerten sich ums Essen, Nénette ums Dessert. Nini, deren Garten ein einziges Blütenmeer war, hatte die Blumendekoration übernommen. Alfreds alte Kumpane kümmerten sich um das Unterhaltungsprogramm. Sie hatten einen Haufen Ideen, und Alfréd verließ sich auf sie. Spiele und gute Witze, das war ihre Spezialität. Odette behielt sich trotz allem das Recht vor, einen Blick auf ihre Pläne zu werfen, worüber die Herren nicht allzu erfreut waren. Die musikalische Begleitung vertraute Alfréd Ambroise und Prosper an. Die beiden hatten die meisten Saint-Ruffiacaner auf dem Kieker. Ambroise, weil er Pflaume zerquetscht hatte, und Prosper, weil er Prosper war. Als ehemaliges Mitglied des Jugendorchesters von Le Faouët (JOF) spielte er aber sehr gut Klarinette. Und der alte Alfred liebte dieses Instrument...

«He, Alfréd, was meinst du hierzu?», rief Guénola und zeigte ihm ein paar Vorschläge für die Dekoration. Sie war eigens aus Coat-Madiou gekommen, um ihnen zur Hand zu gehen. Es war eine gute Idee von Agnès gewesen, sie dazuzuholen, da sie ein besonderes Talent fürs Dekorieren hatte. Ihr neuer Freund arbeitete außerdem im Festkomitee von Cléguérec mit und konnte umsonst Ballons besorgen (streng genommen ließ er sie einfach mitgehen). Sie trug eine orangefarbene Tunika mit Blumen darauf. Der alte Alfred sagte immer, dass Hippies nicht wüssten, wie man sich kleidet. Sein Enkel konnte diese Meinung nicht teilen. Er fand, Guéno sah ziemlich hübsch aus, und gab ihr grünes Licht. Die Idee, einen mit Konfetti gefüllten Ballon über der Tür aufzuhängen, der in dem Moment aufgestochen würde, wenn der Jubilar den Raum betrat, gefiel ihm außerordentlich gut. Die Sprüche «Siebzig Jahr und noch (fast!) alle Zähne» und «Heute König des Trouspignôle, immer König des Trouspignôle» hielt er für nicht ganz so gelungen, aber er sagte nichts dazu.

Alle waren beschäftigt und bester Stimmung, als die Tricot plötzlich einen Schrei ausstieß. Sie kam gerade von der Toilette zurück und hielt sich beim Gehen zur Sicherheit wie immer möglichst nah an der Wand, als sie glaubte, durch den Spalt zwischen den fast geschlossenen Fensterläden des Bistros hindurch ein Gesicht gesehen zu haben. Augenblicklich wurde leiser gesprochen, und Tophile warf einen Blick nach draußen – falscher Alarm, wahrscheinlich hatte die Tricot wieder zu viel gebechert. Genau aus dem Grund wusste Alfréd auch nicht, welche Aufgabe er ihr zuteilen sollte. Da sie zu keiner Tageszeit sicher auf den Beinen stand, konnte er sich keine Rolle vorstellen, die sie übernehmen könnte. Tophile bot schließlich an, sie als Hilfskraft hinter der Bar einzusetzen. Sie würde auch einen Hocker kriegen. Das war nicht die Idee des Jahrhunderts, aber sie versprach, nicht über die Stränge zu schlagen.

Odette nahm Alfréd zur Seite.

«Ich glaube, du musst noch eine Beschäftigung für deinen Freund Félicien finden. Der nervt hier alle.»

Félicien wanderte schon die ganze Zeit von einem Tisch zum nächsten und gab überall seinen Senf dazu, besonders zu den Dingen, von denen er am wenigsten Ahnung hatte. Die Gruppe, die für das Unterhaltungsprogramm zuständig war, hatte ihm zweimal eine Abfuhr erteilt, und Marthe hatte ihn aus der Küche geworfen – lateinische Verse konnte sie für die Zusammenstellung der Speisen nicht gebrauchen. Alfréd beschloss, ihn mit dem Schreiben von Namensschildern zu beauftragen. Am Tag X sollten sie auf den Tischen verteilt werden. Das war ursprünglich nicht vorgesehen gewesen. Im Bistro hatte es noch nie feste Plätze gegeben, abgesehen von dem der Tricot, aber auf diese Weise war Félicien erst einmal ruhiggestellt. Und Schreiben war immerhin das, was er am besten konnte. Alfréd wies ihn darauf hin, dass er auf keinen Fall die Karten für den Guézennec-Clan vergessen dürfe, und für einige weitere Familien aus Saint-Ruffiac bekäme er noch eine Namensliste. Nicht gekommen waren Joson und Ernestine Corrigou, weil ihnen eine ganz besondere Aufgabe zugeteilt worden war. Man hatte es so eingefädelt, dass der alte Alfred den Abend bei ihnen verbrachte und so vom Bistro ferngehalten wurde. Darüber hinaus fehlte nur eine einzige Person, allerdings kein Geringerer als Eugène. Alfréd hatte bewusst beschlossen, ihn nicht einzuweihen, auch wenn es ihm nicht leichtgefallen war. Es war nicht ohne, den besten Freund seines Opas außen vor zu lassen. Aber er hatte seine Gründe. Eugène war der größte Elefant im Porzellanladen, den man sich vorstellen konnte, und unfähig, auch nur das kleinste Geheimnis für sich zu behalten. Und sein Großvater durfte auf keinen Fall auch nur irgendeinen Verdacht schöpfen. Eine Überraschung war eine Überraschung. Da blieb Alfréd standhaft.

———

Eugène war schlecht gelaunt. Das war so wenig zu übersehen wie die Erdbeernase in seinem Gesicht. Er saß auf Knien vor seinem Haus und bastelte an seinem Moped, als der alte Alfred das Gartentor aufstieß.

«Und, sind wir am Tüfteln?», fragte er.

«Der Motor läuft nich rund», murrte Eugène. Er trug ein Muskelshirt und arbeitete in der prallen Sonne. Obwohl erst Anfang Mai war, schien sie schon ziemlich stark.

«Gib mir mal 'n Zwölferschlüssel», murmelte Eugène, ohne aufzublicken.

Nachdem Alfred ihn ihm gereicht hatte, klopfte er damit mehrfach auf den Motor.

«Und du glaubst, danach is die Maschine wieder heil?», spottete Alfred.

«Du hast mir gar nix zu sagen! Wat willste überhaupt hier?», motzte Eugène.

«Oha! Jetzt beruhig dich mal. Was hat dich denn gepiesackt? Ich komm zu Fuß bis hierher, und dann so 'n Empfang?»

«Im Keller is noch Cidre, wennde Durst hast.»

Doch so leicht ließ sich Alfred nicht abfertigen.

«Wie lang sind wir jetzt schon Freunde, Eugène? Seit sechzig Jahren?»

Er nickte, blickte aber noch immer nicht auf. Mit dem Unterarm wischte er sich dicke Schweißtropfen von der Stirn.

«Das wär jedenfalls das erste Mal in den ganzen Jahr'n, dass du mich allein trinken lässt!»

Eugène legte sein Werkzeug hin und erhob sich schnaufend. Das war ein gutes Zeichen. Als er stand, verschränkte er die Arme vor seiner dicken Wampe. Das wiederum war kein gutes Zeichen.

«Bin stinksauer...», sagte er. «Ich lass mich nämlich nich gern anlügen. Und erst recht nich, wenn man mir grade noch mal gesagt hat, dat wir seit sechzig Jahren ‹Freunde› sind.»

«Aber was redest du denn da?», fragte Alfred.

«Bin doch nich blöd. Ich weiß genau, dat ihr euch alle getroffen habt neulich Abend, ohne mich.»

«Wie *alle getroffen*?»

«Jetzt hör auf, dat Unschuldslamm zu spielen, ja! Du warst doch dabei letzte Woche! Ich hab's durch die Fensterläden gesehn, wat da los war!»

«Aber *wo war ich dabei*, Himmel, Arsch und Zwirn?», fauchte Alfred. «Ich hätt ja vielleicht Verständnis für dich, aber da müssteste mir erst mal erklär'n, worum's geht!»

Eugène sah ihn misstrauisch an.

«Wo biste denn letzten Sonnabend gewesen? Gegen 9 Uhr abends?»

«Letzten Sonnabend? ... Ach ja, bei Joson.»

«So spät warste noch bei Joson? Und dat soll ich dir glauben?»

Eugène hatte recht. Joson ging für gewöhnlich mit den Hühnern schlafen, das wusste jeder. Als Alfred dort angekommen war, war es 7 Uhr gewesen. Normalerweise lag Joson um diese Zeit schon längst im Bett. Am Sonnabend aber hatte er am Gartentor gestanden, als würde er auf ihn warten. Und Ernestine hatte ihn dann überredet, zum Essen zu bleiben. Sie hatte ein Kartoffelgratin gemacht.

«Die Geschichte stinkt doch», stellte Eugène fest. «Warum biste überhaupt noch so spät zu dem gegangen, wennde doch weißt, dat der immer früh schlafen geht?»

«Ich weiß auch nich. Aber Albert hat gemeint, ich soll unbedingt an dem Abend bei ihm vorbeigehn, weil Joson mir was sagen wollte.»

«Ach ja? Und wat hatte er dir so Wichtiges zu sagen?»

Plötzlich wurde Alfred misstrauisch. Joson hatte ihm eigentlich gar nichts Besonderes erzählt. Sie hatten über Pflaume geredet, seine Hündin, die ihm sehr fehlte. Das arme Tier war derart übel zugerichtet gewesen, dass es nicht einmal mehr ausgestopft werden konnte. Einen neuen Hund wollte Joson nicht, weil damit zu viel Kummer verbunden war. Und außerdem hatte er auch so schon genug zu tun mit seinem Urenkel. Der, der immer mit nacktem Hintern rumlief.

«Erinnerste dich?», fragte Alfred. «Den haben wir doch neulich gesehn.»

Eugène behauptete, er würde sich nicht erinnern. Was für ein Gauner!

«Der baut nur Mist. Als ich da war, hat es 'ne ganze Stunde gedauert, wenn nicht noch länger, bis der endlich im Bett war! Und weißte, was wir dann in Josons Nachttopf gefunden haben? Da kommste nie drauf!»

«Wat denn?»

«Eine kleine gelbe Plastikente schwamm auf seiner Pisse.»

Gégène kriegte sich gar nicht mehr ein vor Lachen und winkte Alfred ins Haus.

Drinnen schenkte er ihm einen kühlen Cidre ein. Alfred fiel auf, dass das Foto von Eugènes Eltern nicht mehr auf der Anrichte stand. Die Spuckschachtel dagegen schon. Nachdem er zwei bis zum Rand gefüllte Schalen Cidre geleert hatte, begann Eugène zu erzählen, was ihm so gehörig die Suppe versalzen hatte. Letzten Sonnabend hatte er abends eine Tour auf dem Moped gedreht. Das tat er öfter, wenn er sich langweilte, auch wenn es schon spät war.

«Im Fernseher lief nix. Und außerdem spinnt die Antenne. Vielleicht wegen den Spatzen. Die ham doch tatsächlich 'n Nest da oben gebaut!»

«Wie auch immer. Im Moment geht's doch um was ganz andres!», unterbrach ihn Alfred.

Eugène war also losgefahren und hatte eine Menge Autos in Saint-Ruffiac auf dem Platz stehen sehen. Er hatte sein Moped abgestellt, um sie sich genauer anzuschauen, und Titis R16, Alberts R5, Victoires 104er und Agnès' 404er erkannt, einige andere, die dort noch standen, darunter ein Kombi, hatte er nicht zuordnen können. Die Fensterläden vom Bistro waren mehr oder weniger geschlossen gewesen, aber drinnen brannte Licht. Er war näher rangegangen und hatte durch den Spalt gelugt.

«Da drinnen ging's hoch her! Dat hättste erleben soll'n, mein Lieber! Dat ganze Dorf war da. Und es wurd ordentlich gepichelt. Ich hab nich viel gesehn, weil ja die Läden fast zu war'n, aber die Leute hab ich trotzdem erkannt. Tut mir leid, dat ich dir dat so sagen muss, aber deine beiden Töchter war'n auch da. Darum hab ich gedacht, du bist sicher dabei.»

In Alfred brodelte es, aber er drängte Eugène weiterzuerzählen.

«Ich war da also grad am Rumspionieren, als die Tricot auf einmal am Fenster aufgetaucht is und mir direkt ins Gesicht gestarrt hat. Die alte Ziege! Ich war total vonner Rolle. Vor Schreck hab ich mich platt an die Mauer gepresst.»

Alfred stellte sich vor, wie sich Eugène mit seiner dicken Wampe an die Mauer gedrückt hatte.

«Und dann?»

«Dann war's da drin auf einmal totenstill, und jemand hat's Fenster aufgemacht. Ich hab die Luft angehalten. So...»

Eugène blies die Wangen auf und wurde dabei knallrot. Alfred klopfte mit den vier Fingern seiner linken Hand auf die Tischkante. Sein Freund konnte wirklich nicht gut Geschichten erzählen.

«Aber sie ham mich nich gesehn!», rief Eugène dann, nachdem er tief Luft geholt hatte. «Ich hab gehört, wie

Tophile wat von falschem Alarm gesagt hat. Danach bin ich wieder nach Hause.»

Alfred war schockiert. Im Leben hätte er sich so etwas nicht vorstellen können! Im Dorf wurde etwas ausgeheckt, und weder er noch Gégène wurden dazu eingeladen. Im Gegenteil, man hatte noch dafür gesorgt, ihn fernzuhalten, indem man ihn zu den Corrigous geschickt hatte. Sein Stolz hatte einen herben Dämpfer erlitten. Und das war nicht gut.

———

Alfréd rannte bis nach Hause. Es war nach 17 Uhr und damit höchste Zeit. Am Vorabend des Tag X gab es noch tausend Dinge zu regeln. Als er ankam, standen Odette und seine Mutter in der Küche. Sie waren schwer beschäftigt.

«Alfréd, wo bist du so lange gewesen?», fragte Agnès. «Guéno kommt gleich mit der Deko, und wir sind mit den Appetithäppchen noch nicht fertig! Los, an die Arbeit!»

«Ja, ja, Mama, ich wasch mir nur schnell die Hände, und dann komm ich.» Eilig lief er ins Bad.

«Gut, aber ordentlich schrubben», rief sie ihm noch nach. Seit dem Aufstehen war er keinen Moment zur Ruhe gekommen. Nach Besprechungen mit den Leitern der einzelnen Gruppen war er ins Bistro gegangen, wo er am Nachmittag mit Tophile den Schankraum vorbereitet hatte. Die Tricot hatte beim Tischeverschieben helfen wollen, war durch ihre Gleichgewichtsprobleme aber eher Hindernis als Hilfe gewesen. Im Kopf erstellte er eine Liste, was am nächsten Tag noch zu tun wäre. Ursprünglich hatte er die Feier für Sonnabend am Abend angesetzt, aber Odette und Tophile hatten ihn davon überzeugt, sie auf den Sonntag und eine frühere Uhrzeit zu verschieben. Bei einigen Alten bestand sonst die Gefahr, dass sie über dem Teller einschliefen, bevor die Vorspeise serviert würde, und so hätten sie den ganzen Tag. Bei Félicien hatte er noch ein großes Schild für die Tür des Bistros in Auftrag gegeben. «Geschlossene Gesellschaft» sollte darauf stehen. Er fand das sehr schick.

Seine Hausaufgaben hatten während der Woche ein wenig gelitten. Als Organisator hatte er viel zu tun gehabt. Aber mit dem Ergebnis war er zufrieden. Alle hatten gut mitgearbeitet, und das Fest versprach großartig zu werden. Victoire, Agnès und Marthe bereiteten ein grandioses Essen vor, und Nénette hatte sich fürs Dessert an etwas ganz Besonderes gewagt. Tophile hatte so viele Getränke eingekauft, dass es für drei Tage gereicht hätte. Und beim Unterhaltungsprogramm konnte man sich auf die Jungs verlassen (obwohl Tante Odette sagte, die «Schlaumeier» in der Gruppe, wie sie sie nannte, würden ihr ganz schön zu schaffen machen). Das Wichtigste aber war, dass sein Großvater nach wie vor nichts ahnte. Alfréd beglückwünschte sich, dass es ihm gelungen war, das Ganze vor ihm geheim zu halten.

Er drehte den Wasserhahn ab und trocknete sich in Agnès' rosafarbenem Bademantel die Hände, wobei er in dem Frotté zwei hässliche schwarze Flecken hinterließ. Offenbar hatte er doch nicht gut genug geschrubbt. Als er in die Küche zurückkehrte, war seine Tante gerade dabei, kleine Blätterteigdreiecke mit Leberpastete zu füllen, und seine Mutter hackte Kräuter. Sie waren so konzentriert bei der Arbeit, dass sie ihn gar nicht kommen hörten.

«Findest du nicht auch, dass Papa seit ungefähr einer

Woche irgendwie komisch ist?», fragte Odette. «Ich weiß nicht, vielleicht hab ich ja auch nur Angst, dass er was ahnt ... Aber er treibt sich die ganze Zeit hier rum ...»

«Wie, er treibt sich rum?»

«Na ja, als er vorhin gekommen ist, angeblich, um Brioche zu suchen, fandest du ihn da nicht seltsam?»

«Eigentlich nich, mach dich nich verrückt! Er hat sich geärgert, dass ihm der Hund abgehau'n is, das is alles.»

«Hmm ... weißt du, was er mich vorgestern gefragt hat?»

«Nee, was denn?»

«Ob meine Nachtschicht am Sonnabend gut verlaufen ist?»

«Und?»

«Na ja, er meinte den Sonnabend vor drei Wochen, als ich behauptet hatte, Dienst zu haben, weil die Versammlung im Bistro war. Das passt gar nicht zu ihm ...»

«Nu mach mal nich die Pferde scheu», antwortete Agnès. «So sind sie, die Alten. Wenn sie sich langweil'n, fangen sie an, andere zu nerven.»

«Na ja ... vielleicht hast du recht ... Aber gut, du weißt ja, wie das ist mit ihm ... Erinnerst du dich an seinen Fünfzigsten? Mama und er haben sich damals angekläfft wie zwei Hunde, die sich um eine Wurst streiten. Ich frag mich wirklich, warum er seinen Geburtstag so sehr hasst ...»

«Ach, da biste ja wieder», schnitt ihr Agnès das Wort ab, als sie Alfréd erblickte.

«Hörst du uns schon lange zu?», fragte Tante Odette.

«Nein, nein», antwortete er und kreuzte die Finger hinter dem Rücken.

Draußen hupte jemand. Es war Guénola. Der Kofferraum ihres Wagens war randvoll. Als sie beladen ins Haus rauschte, war Alfréd so beeindruckt, als würde die Jungfrau höchstpersönlich vor ihm stehen. Mitten im Wohnzimmer begann er, die Kartons und Taschen auszupacken, die sie mitgebracht hatte. Hurra! Für jeden war etwas dabei! Sie hatte wirklich an alles gedacht: Papphüte, Luftschlangen, Girlanden, Pfeifen ... Alfréd reservierte sich einen bunten Hut, eine Tröte aus Plastik und einen Vorrat an Bonbons. Dann machte er sich daran, ein großes Banner zu basteln. Dieses eine Schild wollte er nicht Félicien überlassen. Bald gesellten sich Guéno und Odette zu ihm, um Luftballons aufzublasen. Agnès stellte das Radio an und begann, kleine Beutel mit Konfetti zu füllen.

«Puuuh», stöhnte Odette nach einer Weile, «ich mach eine Pause, ich kann nicht mehr!»

Rot wie eine Tomate ließ sie sich aufs Sofa fallen.

«Nich aufgeben, du lahme Trine!», triezte ihre Schwester sie. «Los, beweg dich, ist für 'n guten Zweck! Wie viele Kinder schaffen es, ein ganzes Dorf von Alten zu mobilisieren?»

Die drei Frauen fingen an zu lachen. Alfréd war zu konzentriert, um zuzuhören.

«Psst, Ruhe!», rief Agnès dann. «Das is Frédéric François im Radio!» Sie fing an mitzusingen: «Wie gern schlief ich neben dir ein, wär da, wenn du erwachst beim ersten Sonnensscheeeeiiin.»

«So wie du morgens immer drauf bist, bin ich mir nicht sicher, ob Fréo sich wirklich freuen würde, dich zu sehen!», kommentierte Odette lachend. «Ich dagegen würde ja Patrick Juvet nicht von der Bettkante stoßen.»

«Patrick Juvet? Das is ja wohl 'n Scherz», erwiderte Agnès.

«Na ja, immerhin ist er dieses Jahr beim Grand Prix de

la Chanson für die Schweiz angetreten. Und er war Fotomodel.»

«Der wird nie was gewinnen», beschied Agnès, «der hat nich das Format dafür, da kannste noch so für ihn schwärmen.»

Odette zuckte mit den Schultern. Ihre Schwester hatte eben keine Ahnung von Männern. Sie wollten von Guéno wissen, wer von ihnen beiden denn nun recht hätte. Ihr Urteil war eindeutig: Ihrer Meinung nach kam keiner an Mike Brant heran. Er sei der Beste. Alfréd mochte Sheila am liebsten, aber keiner fragte ihn nach seiner Meinung. Guéno begann, über Frédéric François' Stimme hinweg zu singen: «Lass mich, lass mich dich lieben!» Die beiden Schwestern stimmten bald mit ein. Die Uhr schlug acht Mal. Beim letzten Schlag klopfte jemand gegen die Tür – mehrfach. Sofort hörten sie auf zu singen. Agnès stellte das Radio ab. Alfréd erstarrte mit der Schere in der Luft. Er tauschte einen Blick mit seiner Mutter. Auch ohne etwas zu sagen, wussten sie, dass sie das Gleiche dachten: Und wenn es der alte Alfred war?

———

«Himmel, Arsch, verflixt und zugenäht!»

Der alte Alfred trat mit dem Fuß gegen ein Stück Holz und stieß sich dabei die große Zehe. Autsch! Er hob es auf und schleuderte es über den Hof. Es landete auf Odettes neuem Auto. Heute war eindeutig nicht sein Tag! Seit Stunden schon suchte er Brioche. Beim Aufwachen hatte der Hund nicht auf dem Schaffell am Fuß seines Bettes gelegen. Aber der Platz war noch warm gewesen. Zu Beginn war er noch ganz ruhig geblieben, so etwas kam vor.

Doch mit der Zeit war er immer nervöser geworden. Auch wenn Brioche ein Dorfhund war, blieb er normalerweise nie so lange weg. Und wenn der Alte nach ihm rief, kam er eigentlich immer sofort.

Alfred hatte überall nachgesehen, wo sich Brioche gern versteckte. Er war weder im Hühnerstall noch am Kompost, und auch bei Joly Laryday war er nicht. Kein Bellen, keine Spur. Vom Hof aus gab es nur drei Richtungen: nach links zum Dorf, nach rechts zum Hof der Corrigous und geradeaus zu seiner Tochter. Bei Agnès war er schon gewesen, sie hatte den Hund heute noch nicht gesehen. Daraufhin hatte er eine große Runde mit dem Trecker durch Saint-Ruffiac gedreht und dann über Josons Hof zurück. Ohne Erfolg. Kurz hatte er überlegt, bis zu Klumpfuß zu fahren, war dann aber auf halbem Wege umgekehrt. Dorthin würde sich der Hund sicher nicht verirren, das wäre ihm nicht geheuer. Aber wo konnte er dann bloß sein?

So was konnte er im Moment wahrlich nicht gebrauchen, da dieses andere Problem ihn Tag und Nacht beschäftigte: die rätselhafte Sause im Bistro. Er hatte die Sache noch immer nicht aufklären können und tappte nach wie vor im Dunkeln. Seitdem ihm Eugène davon erzählt hatte, waren schon zwei Wochen vergangen. Er hatte gehofft, dass eine seiner Töchter oder irgendjemand anders aus dem Dorf mit ihm darüber sprechen würde. Doch niemand hatte sich gerührt. Am Anfang hatte er es noch für ein Spiel gehalten, aber inzwischen machte es ihm wirklich zu schaffen. So sehr, dass er schlecht schlief. Nachdem er die Sache in alle Richtungen gedreht und gewendet hatte, war er zu folgendem Schluss gekommen: Entweder hatte Eugène nicht mehr alle Tassen im Schrank, oder die Leute scherten sich einen feuchten Kehricht um sie beide.

Als es dunkel wurde, beschloss Alfred, dem Jungen zu sagen, dass der Hund verschwunden war. Mit Agnès hatte er sich mehr oder weniger wieder versöhnt, auch wenn es zwischen ihnen noch immer nicht die große Liebe war. Als er am Nachmittag wegen Brioche bei ihr geklingelt hatte, war er von ihr nicht einmal hereingebeten worden. Dabei hatte es verdammt gut nach Essen gerochen.

Er überquerte die unebene Straße. Die Kirschlorbeerhecke um Agnès' Garten war viel zu hoch, man konnte überhaupt nicht mehr sehen, was bei ihr vor sich ging. Er wusste nur, dass Odette seit dem Morgen dort war. Das Verhältnis zwischen den Schwestern hatte sich merklich gebessert. Die beiden waren mittlerweile wie Pech und Schwefel. Als er das Gartentor aufstieß, fiel ihm sofort der mit großen Blumen bemalte Kastenwagen ins Auge, der vor dem Haus parkte. Verdammt, das war doch der Kombi von dieser Guéno! Den hatte Eugène auch auf dem Platz gesehen. Die blöde Hippie-Wahrsagerin war immer in irgendwelche Spielchen verstrickt. Das Wohnzimmerfenster stand einen Spaltbreit offen, grölender Gesang drang nach draußen. Er klopfte. Nichts. Es wurde weiter gegrölt. Die Glocke im Kirchturm von Saint-Ruffiac schlug 8 Uhr. Er klopfte erneut. Kräftiger dieses Mal. Die Stimmen verstummten, und die Musik wurde ausgestellt. Schließlich öffnete ihm der Junge.

«Ah, du bist es, Opa ... Was willst du denn hier?», fragte er.

«Du scheinst ja nich gerade erfreut, mich zu sehen.»

«Doch, doch ... Es ist nur ... ich bin gerade beschäftigt.

Und Mama und Odette auch. Wir haben im Moment nicht viel Zeit...»

«Wie, nich viel Zeit?»

«Sie ... sie machen irgend so einen Weiberkram.»

Alfred wurde ungeduldig. Diese Heimlichtuerei ging ihm langsam gehörig auf die Nerven.

«Mir reicht's jetzt», wetterte er und schob den Kleinen sanft, aber bestimmt zur Seite. «Ich muss mit ihnen reden!»

«Aber was machst du denn, Opa. Ich habe dir doch gesagt, dass es gerade schlecht ist!»

Er ging trotzdem rein. Im Flur tanzte ein grüner Luftballon auf und ab. Er wandte sich nach rechts in Richtung Wohnzimmer.

«Nein!», schrie Alfréd. «Nicht da rein!»

———

Eine Überraschung zu seinem Siebzigsten! Was hatten die sich eigentlich dabei gedacht, verdammt! Der Alte trank sein Glas in einem Zug leer. Er hatte nur das Banner im Wohnzimmer sehen müssen, um Bescheid zu wissen. Sofort hatte er auf dem Absatz kehrtgemacht und sich zu Hause eine seiner ältesten Flaschen Trouspignôle aus dem Schuppen geholt. Warum taten seine Töchter ihm das an? Sie wussten doch genau, dass es zwecklos war! Das Ganze rührte nur an Dingen, an denen nicht gerührt werden sollte.

Jetzt aber kamen die Erinnerungen hoch. Er versuchte, an etwas anderes zu denken, aber es war zu spät. Auch nach all den Jahren sah er die Bilder noch klar vor sich: den Morast, den eisigen Himmel, dazu das Donnern der Kanonen. Und Mimiles Gesicht. Es war sehr kalt. Er hatte

Geburtstag und saß im Schützengraben. Im Jahr 1918 war er erst 15 Jahre alt, zu jung, um eingezogen zu werden. Aber Mimile hatte sich einige Monate zuvor freiwillig gemeldet, und er hatte ihn nicht allein gehen lassen wollen und deshalb ein falsches Alter angegeben. Sein Vater hatte dazu geschwiegen und seine Mutter sich die Augen aus dem Kopf geheult. Sie fehlte ihm, genau wie Le Camboudin. Was hätte er für ein warmes Ragout gegeben? Seine Moral war am Boden, der kleine Finger der linken Hand war ihm amputiert worden, und er hatte Angst. So viel, dass er den ganzen Tag Bauchschmerzen hatte. Seinen Kameraden ging es nicht anders. Nur Mimile lächelte nach wie vor. Als es dunkel geworden war, setzte er sich neben ihn und zog seine Jacke ein Stück hoch.

«Guck mal, was ich für dich aufgetrieben hab!»

Den Moment, als er die Flasche Trouspignôle erblickte, die Mimile unter der Jacke versteckt hatte, würde er nie vergessen. Woher sie kam, blieb sein Geheimnis. Sie leerten sie gemeinsam mit den Kameraden. Gégène war auch dabei. Es brannte ihnen beinahe die Speiseröhre weg, aber das machte ihnen nichts. Sie alle wussten, dass sie in einer Stunde tot sein könnten. Es war ein großer Augenblick.

In der Nacht tötete ein Granatsplitter Mimile. Traf ihn mitten in die Brust. Sie waren ihr ganzes Leben lang Freunde gewesen. Alfred sprach nie wieder mit irgendjemandem darüber, mit Eugène nicht und auch mit sonst niemandem. Was hätte das gebracht? Das Leben ging weiter, weil es weitergehen musste. Doch seitdem hatte er jedes Jahr an seinem Geburtstag den Geschmack von Kanonenstaub und verbranntem Fleisch im Mund.

Plötzlich war von draußen Lärm zu hören. Es waren seine Töchter. Schimpfend fielen sie bei ihm ein. Er verstand kein Wort (und dieses Mal war er sogar froh, auf einem Ohr halb taub zu sein).

«Hörste uns überhaupt zu oder tust du nur so?», fragte Agnès.

Er blickte von einer zur anderen. Noch nie hatte er sie so wütend erlebt, aber auch noch nie so einig.

«Du hast echt einen Scheißcharakter», warf Odette ihm vor. «Du denkst nur an dich, dabei hat der Kleine das alles für dich gemacht. Kapierst du das denn nicht?»

Der Kleene? Aber was hatte der damit zu tun? Unterdessen redeten sie lautstark weiter auf ihn ein. Inmitten ihres Wortschwalls – «Feier, Musik, Freunde ...» – vernahm er etwas, das ihn traf, wie ein Schlag: «Wunsch Nr. 10».

Wunsch Nr. 10? Sie meinten doch wohl nicht Alfréds letzten Wunsch? Den er von Beginn an geheim gehalten hatte? Der Alte schüttelte den Kopf, um seine Gedanken zu sortieren. Die Überraschungsparty und das ganze Brimborium waren die Idee des Jungen gewesen? Aber ... aber wenn das stimmte, hatte er gerade den größten Bock seines Lebens geschossen!

«Was bin ich nur für 'n alter Esel!», rief er. «Wo ist Alfréd?»

Agnès sagte, er habe sich in seinem Zimmer eingeschlossen und würde sich weigern, die Tür zu öffnen. Außerdem gab sie zu bedenken, dass die Überraschungsfeier ja erst am nächsten Tag stattfinden sollte und es deshalb ja vielleicht noch eine Chance gab, etwas zu retten, wenn er sich entschuldigte. Der Alte nickte. Er hatte sich noch nie so schlecht gefühlt. Nachdem sich die drei mit einem Glas gestärkt hatten, gingen sie gemeinsam zu Agnès hinüber.

Guénola war im Wohnzimmer dabei, alles wieder einzupacken.

«Und?», fragte Odette.

«Nichts», antwortete sie kopfschüttelnd, wobei ihr Papphut zur Seite rutschte.

Im Gänsemarsch stiegen sie zu dritt die Treppe hinauf und klopften an Alfréds Tür. Keine Antwort. Der Alte beschloss, die Sache in die Hand zu nehmen. Er bedeutete seinen Töchtern, ihn allein zu lassen. Sie zogen sich zurück, und er setzte sich mit dem Rücken an die Wand neben der Tür auf den Boden.

«Hey, mein Jung, sieht so aus, als wärst du stinksauer auf mich», sagte er. «Und da haste vollkommen recht! Mit dem alten Dickschädel von Opa hast du's echt nich leicht! Aber weißte, die Alten machen auch nich immer alles richtig. Manchmal sollte man besser auf die Jugend hören ... Denn auch wenn man's sich kaum vorstellen kann, ich bin auch mal jung gewesen. Du darfst nich glauben, dass ich immer so 'n Saufkopp gewesen bin! Oder vielleicht doch? Stell dir mal 'n Baby mit meiner Knollennase vor. Als ich in deinem Alter war, na ja, vielleicht 'n paar Jahre älter, hab ich was Schreckliches erlebt. Ich musste in den Krieg ziehn. Wenn man das so hört, wird's einem vielleicht nich wirklich klar, aber ich schwör dir, das is schlimmer als alles andere. Und ich bin nich allein da gewesen. Nachbarn, Freunde, meine Brüder war'n auch da ... und Mimile ... Mimile war wie mein Bruder. Vater und Mutter ham ihn bei sich aufgenommen, als er noch sehr jung war. Wir war'n acht Kinder zu Hause, da kam es auf eins mehr oder weniger auch nich mehr an. Mimile war zwei Jahre älter als ich, aber den Altersunterschied hat man nich gemerkt. Man nannte uns die ‹Gleichen›. Das kann man sich gar nich vorstell'n, aber wir ham wirklich alles zusammen gemacht, besonders Blödsinn! Nix konnte uns trennen. Dachten wir zumindest ...»

Der alte Alfred seufzte. Er hatte den Namen seines Freundes seit dem 20. Mai 1918 nicht mehr ausgesprochen, dem Tag, an dem er auf dem Schlachtfeld gestorben war. Fünfundfünfzig Jahre, eine lange Zeit ... Er bat seinen Enkel um Verzeihung. Denn das alles war nicht seine Schuld. Er konnte nicht wissen, warum sein Opa so ungern Geburtstag feierte. Es war eine alte Geschichte, und er hatte noch sein ganzes Leben vor sich, um sie zu verstehen.

«Aber gut is, dass das nich das Ende war», fuhr Alfred fort. «Am 20. Mai 1963 geschah was, das ich auch niemals vergessen werd! Stell dir vor, mein kleener Lieblingsjunge kam auf die Welt! Weißt du überhaupt, was das für mich bedeutet hat? Wenn das nich Schicksal war! Ich erinner mich noch genau dran, wie ich dich das erste Mal gesehn hab. Es is dumm, aber ich hab erst mal nachgeguckt, ob du auch fünf Finger an jeder Hand hast. Ich hatte Schiss, dass dir der kleine fehlt wie mir. Aber du warst vollkommen ...»

Der alte Alfred verstummte. Auf der Treppe schnäuzte sich jemand. Agnès und Odette kamen zu ihm nach oben. Beide hatten rote Augen. Einen Moment lang standen sie alle drei wie bestellt und nicht abgeholt im Flur ... bis Guéno erschien.

«Geht mal zur Seite», sagte sie, «ich glaub, jetzt hab ich's.»

«Aber was hast du vor?», fragte Agnès.

Entschlossen öffnete Guéno die Tür. Das Zimmer war leer.

———

Nachdem sein Großvater das Haus fluchtartig verlassen hatte, war Alfréd hinaufgerannt und hatte sich in seinem Zimmer eingeschlossen. Das Flehen seiner Mutter und seiner Tante war zwecklos gewesen, er hatte sich geweigert zu öffnen. Es war vorbei, alles verloren. Er war wütend auf die ganze Welt, besonders aber auf seinen Großvater, der wirklich gar nichts verstand. Mit seinem blöden Dickschädel hatte er alles verdorben. Sollte der alte Alfred an seinem Siebzigsten doch allein in einer Ecke sitzen, ihn würde das kaltlassen! Er würde jedenfalls mindestens bis Sonntagabend in seinem Zimmer bleiben. Die Lust am Feiern war ihm gründlich vergangen, und er wollte nicht mehr zehn werden. Er würde so tun, als hätte es den 20. Mai in diesem Jahr einfach nicht gegeben.

Die Liste mit den Wünschen war die dümmste Idee des Jahrhunderts gewesen. Sie hatte ihm nur Ärger eingebracht (was nicht wirklich stimmte, aber im Moment war er wütend)! Außerdem hatte er so viele Leute mit hineingezogen. Wenn er an Nénette und ihr Dessert dachte, kamen ihm die Tränen. Sie würde sehr enttäuscht sein, nachdem sie sich so viel Mühe gegeben hatte! Und was würden all die alten Kumpane seines Opas sagen? Er vergrub sein Gesicht im Kopfkissen. Warum hatte sein Großvater nur so einen miesen Charakter?

Er brauchte Trost und dachte an Brioche. Er war der Einzige, mit dem er im Moment zusammen sein wollte. Der hatte zumindest nie schlechte Laune. Und er hatte immer Lust, zu spielen oder ihn abzulecken und zu schmusen. Wo war er überhaupt? Er hatte ihn den ganzen Tag noch nicht gesehen. Ihm kam der letzte Satz wieder in den Sinn, den sein Opa gesagt hatte, ehe er vorhin aus dem Haus gestampft war. Im Gehen hatte er etwas von Brioche gemurmelt, der verschwunden sei, und von Klumpfuß und seinem Zwinger.

Klumpfuß und sein Zwinger? Alfréd richtete sich im Bett auf. Niemals würde Brioche sich auch nur in die Nähe begeben. Warum sagte sein Opa so etwas? Aber es war sicher kein Scherz gewesen, dafür war das Thema zu ernst. Die Gedanken überschlugen sich in seinem Kopf. Und wenn sein Hund weggelaufen war und Klumpfuß ihn sich geschnappt und in seinen Zwinger gesteckt hatte? Brioche war kräftig, aber gegen Klumpfuß' aufgebrachte Meute würde er nicht bestehen können. Alfréd wischte sich mit dem Ärmel die Nase ab. Zum Heulen war jetzt keine Zeit. Seine Entscheidung war gefallen. Er zog sich eine dicke Weste über und steckte die Taschenlampe in seinen Rucksack. Er hatte gehört, wie seine Mutter und seine Tante gesagt hatten, sie würden zum Hof rübergehen, also war wahrscheinlich nur noch Guéno unten. Auf leisen Sohlen schlich er sich die Treppe hinunter. Guéno räumte das Wohnzimmer auf. Sie trug einen Papphut auf dem Kopf, aber es war kein bisschen lustig. Er stibitzte sich ein paar Blätterteigtaschen aus der Küche, stopfte sie in seinen Rucksack und schlüpfte dann schnell in Schuhe und Jacke.

Draußen war es ziemlich kalt und dunkel. Zum Glück schien der Mond. Er war noch nie bei Klumpfuß gewesen, um den sich viele Geschichten rankten. Einige behaupteten, er wäre im Krieg ein Kollaborateur gewesen, andere, dass er das Gleiche aß wie seine Hunde. Alfréd beschleunigte den Schritt. Wenn Brioche bei ihm gefangen war, kam es auf jede Minute an.

Der Weg kam ihm endlos lang vor. Die Tränen waren getrocknet, aber er fühlte sich nach wie vor sehr niedergeschlagen. Wahrscheinlich würde er sich nie ganz davon erholen. Nicht nur war die komplette Feier ins Wasser gefallen, er stand außerdem als Versager da. Die Hände in den Taschen zu Fäusten geballt, begann er, leise zu singen, um sich ein wenig Mut zu machen. Dann aß er zwei kleine Blätterteigtaschen. Im Gehen – jede Minute zählte.

Als Klumpfuß' Hof in Sichtweite kam, nahm er gleichzeitig drei Schatten auf dem Weg wahr. Er suchte sich einen Stock und ärgerte sich, nicht daran gedacht zu haben, das Fleischmesser aus der Küche mitzunehmen. Die Schatten kamen näher, und er hörte sie knurren. Bald war er nah genug, um die Zähne und die roten Augen der riesigen Köter zu erkennen. Vor Angst umfasste er den Stock fester, ging aber weiter. Einer der Hunde bellte. Das Blut gefror ihm in den Adern.

«Sitz!», brüllte er aus voller Kehle.

Die drei Tiere setzten sich auf die Hinterpfoten. Alfréd sah sie verdutzt an: Damit hatte er nicht gerechnet!

«Brav, ja, gut macht ihr das», lobte er und wagte sich einen Schritt weiter vor.

Die Hunde blieben sitzen. Er bückte sich und streckte behutsam die Hand aus. Einer der Riesenköter beschnupperte seine Finger. Sie rochen nach der Leberpastete aus den Blätterteigtaschen. Eine raue Zunge begann sie abzulecken. Alfréd fragte sich, ob er vielleicht träumte.

Die drei Hunde begleiteten ihn bis zum Hof. Als sie ihn betraten, wurde irgendwo im Dunkeln ein Bellen laut, aber die Tiere waren offenbar im Zwinger eingesperrt. Auf dem Grundstück sah es aus wie auf dem Stinklager-Schrottplatz – zwischen leeren Karosserien und unendlich vielen anderen Blechteilen rankten sich Brombeerbüsche. Als Alfréd um ein zerbrochenes Bidet herumging, trat er auf etwas Weiches. Es stank erbärmlich. Pfui Teufel!

In den Fenstern des Hauses brannte kein Licht. Es musste nach 9 Uhr sein. Vielleicht schlief Klumpfuß schon? Nach kurzem Zögern entschied sich Alfréd trotzdem dafür zu klopfen. Von drinnen war daraufhin sofort ein Bellen zu hören. Wie viele Hunde hielt Klumpfuß hier wohl? Er klopfte ein zweites Mal. Wieder wurde gebellt. Alfréd hielt den Stock fest umschlossen. Er wartete einen Moment und glaubte dann, hinkende Schritte wahrzunehmen, die näher kamen. Ein Lichtstreifen wurde unter der Tür sichtbar. Noch blieb Zeit, um abzuhauen! Die Schritte verstummten. Alfréd blieb fast das Herz stehen.

«Guten Abend ... Könnten Sie mir bitte aufmachen? Ich heiße Alfréd und wohne in Le Camboudin.»

Keine Reaktion. Dabei war er sich sicher, dass Klumpfuß direkt hinter der Tür stand. Er holte tief Luft. *Ich tue es für Brioche*, sprach er sich in Gedanken Mut zu.

«Ich weiß, dass Sie da sind.»

Schließlich drehte sich der Knauf, was abermals ein wildes Knurren und Bellen auslöste. Alfréd geriet in Panik, er würde bei lebendigem Leib gefressen werden! Er schwenkte seinen Stock und stieß einen wilden Schrei aus. Doch nichts geschah, oder doch, denn plötzlich verstummte die Meute. Als er aufblickte, sah er, dass Klumpfuß direkt vor ihm stand. Er hatte den Arm gehoben, um den Hunden zu verstehen zu geben, dass sie leise sein sollten. Es war mucksmäuschenstill.

———

«Klumpfuß!», rief der Alte.
«Was?», fragten die drei Frauen im Chor.
«Er is auf'm Weg zu Klumpfuß, ich sag's euch!»

«Wer is das?», wollte Guéno wissen.

Agnès und Odette sahen sich entsetzt an.

«Ein schielender alter Kerl, 'n ganz Sonderbarer», klärte Agnès sie auf.

«Der mit Hunden zusammenlebt, die genauso schlecht beieinander sind wie er selbst», fügte Odette hinzu.

Wenn dem Jungen etwas zustieß, würde Alfred sich das nie verzeihen. Es war alles seine Schuld, er hatte ihn dazu getrieben!

«Wie kommst du darauf, Papa?», fragte Odette.

«Das erklär ich euch unterwegs», antwortete Alfred. «Agnès, hol dein Auto, wir fahr'n da hin!»

Aber Agnès ging das alles zu schnell.

«Alfréd bei Klumpfuß! Das kann nich sein! Das glaub ich nich!», stammelte sie.

«Okay, dann nehmen wir meinen Wagen!», rief Guéno.

Wenn man Alfred vorher gesagt hätte, dass er eines Tages in den mit Blumen bemalten Kombi einer Hippiefrau steigen würde, um zu Klumpfuß zu fahren, hätte er laut gelacht. Nun aber war ihm gar nicht nach Lachen zumute. Als er Agnès' Haus vorhin so schnell wieder hatte verlassen wollen, hatte er dem Jungen dummerweise noch gesagt, dass der Hund weg war und er deshalb morgen zu Klumpfuß gehen würde. Jetzt war ihm der Kleene offenbar zuvorgekommen. Wenn er schnell gegangen war, hatte er sein Ziel vor gut zwanzig Minuten erreicht. In zwanzig Minuten konnte viel passieren...

«Wenn der meinem Neffen auch nur ein Haar krümmt, schlag ich ihm die Fresse ein!», rief Odette und sprang in den Kombi.

Drinnen war es finster und roch ziemlich übel. Der Erdfußboden war uneben, und in der Mitte des Raums prangte ein riesiges Loch, in dem zwei Männer bis zur Taille Platz gehabt hätten. Überall liefen Hunde herum, einen suchte Alfréd allerdings vergeblich. Ein alter Labrador, der nur noch ein Auge hatte, lag in einer Ecke und gab ab und zu ein heiseres Bellen von sich, an dem zu hören war, dass sein Leben zu Ende ging.

«Setzen», sagte Klumpfuß.

Alfréd war sich nicht sicher, ob er damit gemeint war oder einer der Hunde. Unentschlossen ging er um das Loch und ließ sich dann an dem Tisch auf der anderen Seite des Raums nieder. Darauf stapelte sich schmutziges Geschirr, und überall war Entenkacke. Als Klumpfuß ein Glas vom Tisch nehmen wollte, musste er es erst mit einem Ruck von der Holzplatte lösen, auf der es festgeklebt war. Es sah von innen genauso schmutzig aus wie von außen. Klumpfuß füllte es mit Rotwein und setzte sich. Einen Moment lang schwiegen sie beide.

«Wofür ist das? Das Loch?», fragte Alfréd dann.

«Für nix», antwortete Klumpfuß.

Alfréd schluckte.

«Sind Sie nicht einsam so ganz allein?»

Klumpfuß knetete sein linkes Ohrläppchen. Er hatte wirklich unglaublich große Ohren.

«Ich meine, stört es Sie nicht, nie jemanden zu sehen?»

Kurz blitzten Klumpfuß' Augen auf.

«Uff ... weißte, es is ja schon immer so, dass ich niemanden seh.»

Hunde näherten sich und beschnupperten unter dem Tisch Alfréds Finger und seinen Rucksack. Angestrengt suchte er in der Dunkelheit weiter den Raum nach Brioche ab, doch er konnte ihn nirgends entdecken. Seine Augen begannen zu brennen, vielleicht war er zu spät...

«Ich habe meinen Hund verloren ... und mein Opa will nicht zu seiner Geburtstagsfeier kommen», sagte er schließlich.

12

Geschlossene Gesellschaft

Beeil dich, Papa, es ist höchste Zeit!», rief Odette aus der Küche.

Der alte Alfred stand vor dem Spiegel an seinem Schrank, nahm feierlich seinen Cowboyhut ab und legte ihn aufs Bett. Er war müde, was man mit siebzig wohl allerdings auch sein durfte. Und nach der Nacht, die er hinter sich gebracht hatte, war es erst recht nicht verwunderlich. Er streifte das Hemd über, das Odette extra für ihn gebügelt hatte, und schaute sich dann im Spiegel an. Wenn er den Titel «ehrwürdig» je verdient hatte, dann heute!

Als er in dem schicken Aufzug die Küche betrat, pfiff Odette. «Wow! Das hat ja mal Stil, Papa!»

Dann fügte sie noch hinzu: «Und jetzt noch lächeln?»

Alfred gehorchte.

«Oh, là, là, wir sind nicht zufällig ein kleines bisschen nervös?»

Knurrend verneinte er, auch wenn sie recht hatte.

«Nicht vergessen, du wusstest von nichts», erinnerte Odette ihn dann noch.

Darüber hatten sie sich am Abend zuvor noch verständigt – nachdem sie, mit Holzkegeln aus dem Kofferraum des Kombis bewaffnet, Klumpfuß' Haus gestürmt und den Kleinen friedlich am Tisch sitzen gesehen hatten. Unversehrt! Der alte Alfred war sich ein wenig blöd vorgekommen. Offenbar hatten sich Klumpfuß und der Junge «unterhalten». Er fragte sich, was sie sich wohl erzählt haben mochten, da Klumpfuß ihnen gegenüber kein einziges Wort von sich gegeben hatte. Brioche war allerdings nicht dort gewesen, und der Junge war davon überzeugt, dass Klumpfuß nicht log. Sie waren dann nicht mehr lange geblieben; er musste zugeben, dass sie sich mit den Kegeln in der Hand ein bisschen albern vorgekommen waren. Auf dem Rückweg hatte sich Alfred bei seinem Enkel entschuldigt. Anschließend hatte er versprochen, zu der Feier zu kommen. «Gut», hatte der Junge grinsend geantwortet, «aber unter zwei Bedingungen: Erstens musst du so tun, als wüsstest du von nichts, weil sich alle so viel Mühe gegeben haben, es vor dir geheim zu halten. Und zweitens musst du versprechen, dich nicht einfach für ein Nickerchen zurückzuziehen, wenn dir irgendwas nicht passt.»

Alfred hatte eingewilligt.

«Großes Cowboyehrenwort?»

«Großes Cowboyehrenwort!»

Der Alte stieg ins Auto seiner Tochter. Draußen schien die Sonne, und es war strahlend blauer Himmel. Es versprach heiß zu werden. Zum Glück hatte er seine Anzugjacke gar nicht erst angezogen. Er durfte ja auf keinen Fall zu schick dort aufkreuzen, da er versprochen hatte vorzutäuschen, dass er nicht wusste, wohin sie unterwegs waren. Als sie auf den Platz fuhren, begann sein Herz, schneller zu schlagen. Im Bistro waren die Vorhänge zugezogen, aber er meinte zu erkennen, dass sie sich bewegten. Seine Hände, die er auf die Knie gelegt hatte, zitterten ein wenig.

«Das wird schon werden», versuchte Odette ihn zu beruhigen.

«Bin froh, dass du in Le Camboudin geblieben bist», sagte er.

Das hörte sie zum ersten Mal. Ihre Augen wurden feucht.

«Komm, das ist jetzt nicht der richtige Zeitpunkt, um gefühlsselig zu werden», rief sie und öffnete die Tür. «Dein Auftritt!»

Sie gingen auf das Bistro zu. An der Tür hing ein Schild: «Geschlossene Gesellschaft». Odette klopfte drei Mal, und die Tür wurde geöffnet.

«Das ist für dich», sagte sie und schob ihn sanft hinein.

«Überraschung!!!», riefen alle zusammen.

Er hörte ein *Puff*, und Konfetti regnete auf ihn nieder. Ambroise stimmte auf seinem Akkordeon «Zum Geburtstag viel Glück» an, ein wenig zu schnell, aber alle sangen mit.

Nach und nach gewöhnten sich Alfreds Augen an das Halbdunkel des Bistros. Das Überraschtsein brauchte er gar nicht zu spielen, denn er war ehrlich überrascht: Das Bistro war zu einem richtigen Festsaal geworden. Alles war dekoriert und mit Blumen geschmückt. Sein Name stand auf Wimpeln und Bannern, und von den Lampenschirmen baumelten Ballons. Zu seiner Linken standen Platten mit Petit Fours, und aus der Küche drang ein köstlicher Duft. Auf den Tischen lagen weiße Decken aus Papier. Aber das Tollste war, dass wirklich alle gekommen waren: seine Kumpane, Victoire, Nénette, die Tricot, die Corrigous und sogar die Guézennecs. Und schließlich, direkt vor ihm, sein Junge mit Fliege und den Wirbeln im Haar, der aus voller Kehle sang, genauso falsch und laut wie immer. Tränen schossen ihm in die Augen. Aber er kam nicht einmal auf die Idee, sie abzuwischen. Odette nahm seine Hand, und tosender Applaus brandete auf, bis jemand rief: «Wir wollen endlich was trinken, Mann!»

Danach gab es ein wenig Gedränge, da ihm alle gleichzeitig gratulieren wollten. Marcellin war, dank gut platzierter Krücken, einer der Ersten.

«Lahme haben Vorrang!», krakeelte er und klopfte Alfred kräftig auf den Rücken.

Das Fest wurde ein voller Erfolg. Es wurde gesungen, gegessen, gelacht und gepichelt. Tophile hatte noch nie so viele Flaschen Trouspignôle nacheinander geöffnet. Auf alles stießen sie an, aus irgendeinem Grund sogar auf Schaltjahre. Und die Frauen hatten sich in der Küche selbst übertroffen. Alfred staunte, als all seine Lieblingsspeisen aufgetischt wurden. Und zum Dessert hatte Nénette eine unglaublich beeindruckende Windbeutelpyramide gezaubert. Die Friseuse, die ihr Haar zur Feier des Tages fuchsrot gefärbt hatte, gab die Chansonnière. Seine Kumpane warteten mit den verrücktesten Spielen auf. Odette hatte zwar ein Auge darauf haben wollen, was sie ausheckten, aber letztlich hatten sie sich nicht an ihre eigenen Pläne gehalten, und vielleicht war es besser so ... Seine Töchter schenkten ihm eine hübsche Filzkappe, weil sie seinen ewigen Cowboyhut nun wirklich nicht mehr sehen konnten. Alfred ging von Tisch zu Tisch und nahm sich Zeit, mit jedem zu reden. Mit Gégène musste er ziemlich lachen. Dem war es ziemlich peinlich, dass er die Überraschung verdorben hatte. Sie tranken auf ihre Freundschaft, ehe Eugène erneut das Glas erhob. «Auf Mimile», sagte er nur.

Vor lauter Trubel kam der alte Alfred gar nicht dazu, nach seinem Enkel zu schauen. Es wurde höchste Zeit, dass er ihn suchte, um sich bei ihm zu bedanken. Er war der wahre Held des Tages! Alfred fragte die Tricot, die auf ihrem Hocker hinter dem Tresen saß, ob sie ihn gesehen hätte. Sie meinte, er würde schon den ganzen Abend hin und her flitzen und zwischendurch literweise Apfelsaft trinken. Wo der Kleene im Moment war, wusste sie nicht, aber sie könne ihm, Alfred, gern erst mal ein Glas einschenken. Er bedankte sich bei ihr – sie schien sich auf ihrem Posten gut zu schlagen – und setzte seine Suche fort. Schließlich fand er den Jungen in der Küche, wo er sich gerade mitten im Gespräch mit seiner Mutter befand. Da die Stimmung zwischen ihnen recht gut zu sein schien, wollte er lieber nicht stören und zog sich wieder zurück.

Als er in den Gastraum zurückkehrte, hatte Prosper gerade ein Stück auf seiner Klarinette angestimmt. Die Melodie erkannte Alfred sofort: «Parlez-moi d'amour» von Lucienne Boyer. Das war Victoires und sein Lied, die Melodie ihrer Jugend – bevor Madeleine ins Dorf gekommen war. Damals hatten sie geglaubt, noch das ganze Leben vor sich zu haben und dass sie für immer zusammenbleiben würden. Stühle wurden zur Seite gerückt, und einige Paare begannen zu tanzen. Victoire saß neben ihrer Tochter. Sie sah phantastisch aus. Ihre Tochter sagte etwas zu ihr, aber sie schien ihr nicht zuzuhören. Sie hatte nur Augen für ihn. Alfred lief ein warmer Schauer über den Rücken, aber er rührte sich nicht vom Fleck.

«Jetzt geh schon zu ihr, du Lahmarsch!», flüsterte Marcellin von hinten.

Und das tat Alfred dann auch und forderte sie zum Tanzen auf. Den Text kannte er auswendig. Während sie sich langsam im Kreis drehten, sang er ganz leise mit, nur für sie:

> *Erzähl mir von der Liebe,*
> *sprich weiter zärtlich mit mir.*
> *Für immer ich bliebe,*
> *um die Worte zu hörn von dir,*
> *ewig könntst sie sagen für mich*
> *mit feierlichem Klang:*
> *Ich, o ja, ich liebe dich.*

Alfred atmete tief ein. Victoire roch noch genauso gut wie früher.

———

Der Junge gähnte.

«Willste nach Hause?», flüsterte ihm seine Mutter zu.

Er schüttelte den Kopf, denn er wollte die Feier unbedingt bis zum Schluss miterleben. So hatte er seinen Großvater noch nie tanzen sehen, schon gar nicht mit einer Frau. Alfréd war glücklich. Letztlich lief alles wie geschmiert. Er hatte seit dem Beginn des Fests nicht eine Minute für sich gehabt. Organisator zu sein war anstrengend. Aber seinem Opa hatte die Überraschung sehr gut gefallen, das sah man. Er hatte die ganze Zeit gelächelt, und zwar sein Lächeln für besondere Gelegenheiten (das, bei dem sein rechter Eckzahn zum Vorschein kam). Auch alle anderen waren genial gewesen.

Und er selbst war ebenfalls überrascht worden. Er hatte Kerzen auspusten dürfen und zahlreiche Geschenke bekommen. Darunter: Alberts Glücks-Boulekugel, damit

Alfréd ein Boule-Champion würde wie er selbst; ein Exemplar des Buches *Köttel hier und Köttel dort* mit Widmung; Erdbeerpflänzchen von Titi und Nini; ein Abonnement für das Comicmagazin *Pif Gadget* von Victoire und ihrer Tochter; ein Kronenbourg-Glas, in das sein Name eingraviert war, von Marthe und Tophile, eine Uhr mit Bugs Bunny drauf von der Friseuse und ein Furzkissen von Guéno. Eugène entschuldigte sich, dass er keine Zeit gehabt habe, etwas für ihn zu besorgen, aber er hatte ja selbst erst im letzten Moment davon erfahren. Immerhin hatte er ihm eine geräucherte Wurst mit einer Schleife darum mitgebracht. Doch das beste Geschenk von allen kam von seiner Mutter: ein Wörterbuch, das *Le Petit Robert* hieß. Es wog mehr als ein Kilo und hatte tausendneunhundertsiebzig Seiten! Alfréd hatte sich ausgerechnet, wenn er jeden Abend fünf bis sechs davon lesen würde, wäre er an seinem nächsten Geburtstag fertig. Odette hatte ihr Geschenk lieber auf dem Hof gelassen. Sie hatte einen kleinen Anhänger gebaut, den man an Brioches Rücken befestigen konnte. Doch da es von dem Hund nach wie vor kein Lebenszeichen gab, hatte sie ihn nicht mitnehmen wollen. Alfréd hatte sie jedoch beruhigt. Seit seinem Gespräch mit Klumpfuß war er zuversichtlich. Brioche war in einem Alter, in dem man den Frauen nachstieg*, wie er es nannte. Wenn er damit fertig wäre, käme er sicher zurück.

Bei den letzten Tönen von «Parlez-moi d'amour» ging das Deckenlicht an. Victoire und Alfred wirkten benommen. Man hätte meinen können, sie wären gerade aufgewacht. Die Musik begann «Milord» zu spielen, und alle begannen zu schunkeln und mitzusingen: «Los geht's, Miiiloord».

Alfréd gähnte noch einmal. Vielleicht hatte seine Mutter doch recht, und es war Zeit, schlafen zu gehen. Er setzte sich ein wenig abseits auf einen Stuhl und lehnte sich mit dem Kopf gegen die Wand. Direkt über ihm befand sich Rogers beleuchtete Urne. Hier saß er gut und warm, vielleicht sollte er einfach kurz die Augen schließen...

Jemand rüttelte an seiner Schulter. Es war sein Großvater. Er sah ihn komisch an.

«Alles in Ordnung, Opa?»

Der alte Alfred nickte. Es war seltsam, ihn ohne seinen Cowboyhut zu sehen, auch wenn ihm die Kappe wirklich gut stand. Wahrscheinlich war es eine Sache der Gewohnheit.

«Mein lieber Junge», begann sein Großvater, «mein Kleener! Womit soll ich anfangen?»

«Was denn anfangen, Opa?»

«Warum warst du nur gestern nich da, als ich vor deiner Zimmertür alles erzählt hab?»

Wovon redete sein Großvater? Schläfrig richtete sich Alfréd auf dem Stuhl auf. Die Augen seines Opas glänzten, als würde er gleich irgendeinen Unsinn zum Besten geben. Er nahm Alfréds Gesicht zwischen seine großen Pranken und sagte: «Ich hab eine Idee. Wie wär's, wenn wir erst mal ein kleines Glas Trouspignôle zusammen trinken, nur wir zwei?»

Alfréds Wörterbuch

Ein Nickerchen halten, *Redensart*: ein Schläfchen machen, *Beispiel: macht Opa, wenn er sich ärgert.*
Eine Frostbeule sein, *Redensart*: Jemandem ist kalt.
Einen Pik auf jemanden haben, *Redensart*: jemanden unerträglich finden. *Beispiel: Titi auf Prosper Le Goff.*
Fest-Deiz, *Substantiv, maskulin*: traditionelles bretonisches Fest, bei dem getanzt und Musik gemacht wird und das tagsüber stattfindet (im Gegensatz zum Fest-Noz am Abend und in der Nacht).
Frauen nachsteigen, *Redensart*: Frauen hinterherlaufen (anbaggern, umwerben und noch mehr, wenn sich beide sympathisch finden...) *Beispiel: was Brioche macht, als er lange wegbleibt.*
Gouren, *Substantiv, maskulin*: bretonischer Kampfsport, manche sagen auch bretonisches Wrestling dazu.
Großmaul, *Schimpfwort*: Schwätzer, jemand, der eine große Klappe hat, aber nicht viel weiß. *Beispiel: Félicien.*
Hornochse, *Schimpfwort*: Niete, Dummkopf; jemand, der sich blöd/dumm verhält, wird gern von der Tricot verwendet. *Beispiel: die Kumpane (manchmal).*
Jemandem eine pfeffern, *Verb*: eine Ohrfeige geben, ins Gesicht hauen. *Beispiel: was ich gern mit Poilvert machen würde.*
Palavern, *Verb*: bei Fieber etwas vor sich hin faseln oder über-

haupt irgendwas erzählen. *Beispiel: so was macht Félicien, wenn ihm niemand zuhört.*

Picheln, *Verb*: gerne und viel trinken, bechern. *Beispiel: Alfred mit den Kumpanen im Bistro von Saint-Ruffiac.*

Plünnen, *Substantiv, feminin*: Kleidung. *Beispiel: sagt Mama, wenn sie nicht gut findet, was ich anhabe.*

Quasselstrippe, *Substantiv, feminin*: Leute, die viel reden, kommt von quasseln (viel reden, schwatzen) und Strippe (Bindfaden), weil der auch (fast) endlos ist. *Beispiel: die Friseuse und Mama.*

Sause, *Substantiv, feminin*: Feier (eine Sause machen: feiern). *Beispiel: was Mama mit Guéno macht, wenn Zahltag war.*

Schnacken, *Verb*: entspannt plaudern. *Beispiel: Opa mit seinen Kumpanen.*

Schnute abwischen, *Redensart*: sich den Mund sauber machen, mit einer Serviette oder mit dem Ärmel.

Schweinebacke, *Schimpfwort*: Idiot, Dummkopf, verwendet die Tricot gern.

Sich die Augen ausweinen, *Redensart*: heftig weinen.

Smacken, *Verb*: mit offenem Mund kauen und dabei Geräusche machen. *Beispiel: Opa bei Tisch.*

Spökenkiekerin, *Substantiv, feminin*: Wahrsagerin. *Beispiel: Guéno.*

Strunt, *Substantiv, maskulin*: jemand, der für nichts zu gebrauchen ist, Tunichtgut.

Trouspignôle, *Substantiv, maskulin*: Getränk nach Geheimrezept, das es nur bei uns gibt und das den Erwachsenen vorbehalten ist und das nur echte Kerle aus dieser Gegend wie ich vertragen!

Zecherei, *Substantiv, feminin*: Trinkgelage.

Zeter und Mordio schreien, *Redensart*: lautstark rumbrüllen, *Beispiel: Mama, wenn sie richtig sauer ist.*

Personenverzeichnis

ALBERT, *Kumpan*: Nachbar der beiden Alfreds, Meister im Boule, Herrchen von Joly Laryday.

ALFRÉD, *Held*: fast zehn Jahre alt, liebt Bücher, Kaninchenpastete und seinen Opa!

ALFRED (der alte), *Opa des Helden*: trägt einen Cowboyhut, König des Trouspignôle.

AGNÈS, *Mutter des Helden*: jüngere Tochter des alten Alfred, Alkoholikerin, trägt lieber Trainingsanzüge als Kleider.

AMBROISE, *Kumpan*: Akkordeonist, halb taub.

ARISTIDE, genannt Titi, *Kumpan*: verheiratet mit Nini, liebt die Gartenarbeit.

DER POSTBOTE, *Freund*: hat eine Hasenscharte, liest die Post der anderen.

DER VERTRETER FÜR KÜHLSCHRÄNKE UND FEUERLÖSCHER, *Betrüger*: trägt weiße Socken und Mokassins mit Troddeln, verträgt keinen Trouspignôle.

DIE FRAU DES NOTARS, *sonstige*: rothaarig, trägt einen makellosen Dutt, hat ein Baby.

DIE FRISEUSE, *Freundin*: rot-, blond- oder braunhaarig, je nach Kapitel, Mutter der Zwillinge Glenn und Brieuc.

DIE GUÉZENNECS, *Kumpane*: große Familie, in der sich alle, Männer wie Frauen, ähnlich sehen.

DIE (WITWE) TRICOT, *Freundin*: von morgens bis abends betrunken, sehr begabt im Fluchen.

EUGÈNE, genannt Gégène, *Kumpan*: der beste Freund des alten Alfred, fährt ein altes orangefarbenes Moped, hat eine dicke Erdbeernase.

FÉLICIEN, genannt der Fabulant, *Kumpan*: notorischer Lügner, selbsternannter Heiler, Autor eines Buches.

GUÉNOLA, *Freundin von Agnès*: Hippie, arbeitet bei Ker Viande.

JEAN-PIERRE POILVERT, *Feind des Helden*: älter als Alfréd, nennt ihn zum Beispiel «Würstchen auf zwei Beinen» und «Michelin-Männchen».

JOSON CORRIGOU, *Kumpan*: verheiratet mit Ernestine, 85 Jahre alt, brütet im Bett Eier aus.

KLUMPFUSS, *sonstige*: alter wortkarger Kerl, der mit einem Rudel Hunde zusammenlebt, die genauso verkrüppelt sind wie er.

MADELEINE, *Großmutter des Helden*: Frau des alten Alfred, hat einen schlechten Charakter.

MADEMOISELLE MORVAN, *sonstige*: Alfréds Lehrerin.

MARCELLIN, *Kumpan*: der lustigste Kumpan, hat nur ein Bein, fährt im Sommer nach La Baule.

MARTHE, *Freundin*: Frau von Tophile, Wirtin des Bistros, fett wie ein Schwein.

MONSIEUR DUCOS, *sonstige*: der Verkäufer vom Lastwagen, heiter-freundlich, hat Unterarme, so dick wie anderer Leute Oberschenkel.

NÉNETTE, *Freundin*: Alfréds beste Freundin, grandiose Kuchenbäckerin, geht sehr krumm.

PROSPER LE GOFF, genannt der Plattfuß, *nicht wirklich Kumpan*: hält sich für gutaussehend, riecht nach Kölnischwasser, wird von den Kumpanen nicht sonderlich geschätzt.

TANTE ODETTE, *Tante des Helden*: älteste Tochter des alten Alfred, fährt einen Benz, macht Alfréd tolle Geschenke.
TOPHILE, *Kumpan*: der sportlichste Kumpan, Wirt des Bistros, stets nüchtern.
VICTOIRE, *Freundin*: alte Freundin und große Liebe des alten Alfred.

Danksagung

Ich danke meinen Liebsten für ihre bedingungslose Unterstützung und ihre Zuneigung, meiner Oma für ihren grandiosen Humor und ihre unvergleichliche Schlagfertigkeit (ohne dich wäre dies alles nicht entstanden!), all meinen Korrekturlesern für ihre wertvolle Zeit, die sie meinem Text gewidmet haben, meinen Freunden Nanou und Olivier dafür, dass sie da sind, Sarah, dass sie mich entdeckt hat, Claire, dass sie mich auf den richtigen Weg brachte – und Mat, meinem Baum, meiner Schutzhütte, meinem Fels, der immer an mich geglaubt und mich getragen hat.